世界知识丛书
SHIJIE ZHISHI CONGSHU

南极洲
NANJIZHOU

张继民 著

U0140980

◎ 中国地图出版社

图书在版编目(CIP)数据

南极洲 / 张继民著. —北京：中国地图出版社，
2007.1

(世界知识丛书)

ISBN 978-7-5031-4277-2

Ⅰ．南…　Ⅱ．张…　Ⅲ．南极洲－概况　Ⅳ.P941.61

中国版本图书馆CIP数据核字(2006)第122219号

南极洲

张继民　著

出版发行	中国地图出版社				
社　　址	北京市西城区白纸坊西街3号		邮政编码	100054	
网　　址	www.sinomaps.com				
印　　刷	北京新华印刷有限公司				
			经　　销	新华书店	
成品规格	148mm×210mm		印　　张	4	
印　　次	2011年6月修订 北京第7次印刷		版　　次	2007年1月第1版	
印　　数	81760－117760		定　　价	12.00元	
书　　号	ISBN 978-7-5031-4277-2/K · 2551				
审 图 号	GS(2006)1186号				

FOREWORD

前言

　　世界有七大洲，《南极洲》是中国地图出版社出版的"世界知识丛书"中最后一本，其他亚洲、欧洲、北美洲、南美洲、非洲、大洋洲六册均已出版。听相关编辑说，这套书很受读者欢迎，因此他们希望我来承担此卷的撰写。感于出版社的信任，我愉快地应承了。

　　同时我也有兴趣做出我的努力。其缘由是，凡属描述自然地理和人文地理方面的书籍，只有具备了文字、照片、地图三要素，才可称得上是完整的书。因为这三者能够互为补充，满足读者的需要。试想，书中若没有地图，读者搞不清地理方位，势必影响对文字的解读。而"世界知识丛书"恰恰做到了这一点，每卷书里除了相应的文字和照片，都有若干非常规范的地图插入其中，这是国内很多出版社难以做到的。

　　我翻阅了其他卷，感到《南极洲》一书的写作同其他卷在体例上应有着根本区别。那些卷是按每一个国家的国家概况、自然地理、历史、政治、经济和人民生活等类别分述，而南极洲不属于任何一个国家，主要是自然地理和南极探险考察史两个方面。如果一定要分开题目来写的话，只有进一步剥离。循着这一思路，笔者开列了冰盖、冰山、地质、企鹅等22个具体写作内容。倘若读者读完了这些内容，南极洲便不再是一个抽象的概念。

　　我去一些学校开展极地探险讲座时，多次听到学子们提出南极与北极区别何在的问题。就此我在本书中开列十点差异，以表明南极与北极有着相当大的区别。

　　南极洲的确充满神奇色彩。这也决定了该书应该具有知识性、科普性、惊险性和可读性，于是我便积极地朝着这个方向努力。这里有我南极大陆探险生活的实感，也有对南极科学考察大量资料的消化和吸收，至于效果如何，需要可敬的读者来评判。

作　者

南极洲地图

爱德华王子群岛(南非)
马里恩岛站(南非)

厄加勒斯海盆

印度洋

大西洋

印度洋—印度洋

中大西洋

西大西洋

西大洋

威德尔海

毛德皇后地

恩德比地

克洛斯角

莫森站(澳)

戴维斯站(澳)

中山站(中国)

查理斯王子山

普里兹湾

青年站(俄)

昭和站(日)

新拉扎列夫站(俄)

别尔格站(俄)

赛纳忍站(南非)

诺伊迈尔站(德)

阿斯特里德公主海岸

朗希尔德公主海岸

毛德皇后地

诺威角

科茨地

哈利湾站(英)

贝尔格拉诺Ⅱ号站(阿根)

贝尔格拉诺2号站(阿根)

贝尔格拉诺Ⅲ号站(阿根)

伯克纳岛

龙尼冰架

埃尔斯沃斯

南极半岛

亚历山大岛

罗塞拉站(英)

阿德莱德岛

圣马丁将军站(阿根)

布韦岛

南桑威奇群岛

南奥克尼群岛

南森冰原

南乔治亚岛

伯德岛站(英)

沙格岩

奥卡达斯站(阿根)

镇格尼站(英)

别林斯高晋站(俄)

弗雷总统站(智)

埃斯佩兰萨站(阿根)

欧尔纳多•奥伊金斯将军站(智)

普里马韦拉站(阿根)

长城站(中国)

帕默站(美)

法拉第兰站(英)

罗纳德•阿蒙森

圣马丁将军站(美)

阿德莱德岛

罗塞拉站(英)

阿根廷海盆

阿根廷

西经0东经

5233

5734

5782

4830

1302

6620

5840

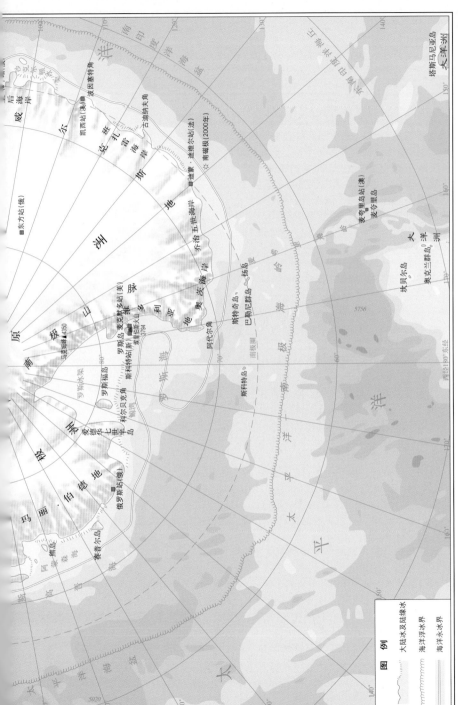

比例尺 1 : 34 900 000

塔斯马尼亚岛 **大洋洲**

图例

- 大陆冰及陆缘冰
- 海洋浮冰界
- 海洋永冰界

高度表

| 8000 | 6000 | 5000 | 4000 | 2000 | 1000 | 200 | 0m | 冰盖 |

总论

　　南极洲，包括南极大陆及其周围岛屿，总面积为1400多万平方千米，约占世界陆地总面积的9.4%，比美国和墨西哥两国陆地面积合起来还要大，约为澳大利亚的2倍，接近中国陆地面积的1.5倍。最大跨度约为4500千米。南极大陆面积1239万平方千米，岛屿面积是75500平方千米。

　　南极洲是一块为海洋所包围的大陆，周边国家与它遥遥相望，其距离分别是：距南美大陆约965千米，距新西兰约2000千米，距澳大利亚约2500千米，距南非约3800千米。

　　翻开南极洲地图，可以看到南极圈。所谓南极圈，就是南纬66°34′的纬线。因地球自转轨道面与地球绕太阳运行的公转轨道面之间存在着23°26′的夹角，在南极圈以内的地区明显地分为冬夏两个季节，其连续黑夜与连续白昼时间的长短与纬度成正比，在南极点持续时间最长，各为二分之一。

　　在南极也有亚南极之说。其具体含意是位于南纬50°~60°的地区被称为亚南极地区。中国南极长城站就建在了亚南极，而非真正意义上的南极。

南极洲位置示意图

　　南极拥有无数个世界之最。

　　平均海拔最高。世界各大洲的平均海拔，亚洲约950米，北美洲约700米，南美洲约600米，非洲约750米，欧洲约340米，大洋洲约350米。而南极洲平均海拔约为2350米，为其他大陆平均海拔的数倍。

　　风力最大。12级台风风速是每秒32.6米。南极的风速常常是每秒50多米，最大风速达到每秒88.3~100米。

　　温度最低。东方站曾经测得的温度是−89.2℃。

　　积冰最多。地球上90%的冰集中在南极，有"白色大陆"之称。

　　南极是地球上唯一没有被开发的土地，也是世界七大洲中唯独没有常住居民的地方。

　　古生物示踪使我们看到南极地质历史十分有趣。舌蕨类植物化石在南极大陆被发现后，地质学家据此认为它是冈瓦纳古陆的一部分。舌蕨类植物群早已在非洲、澳大利亚、南美和印度存在，证明这些大陆很早以前彼此间由陆桥相连结。根据大陆漂移理论，按照各大陆漂移轨迹将其连结起来，远古时期的冈瓦纳超级大陆就出现了。东南极大陆则成为这个古陆的核心，其他大陆如南美洲、非洲、大洋洲和亚洲的中南半岛围绕在周围。在侏罗纪末期，即大约1.5亿年前，冈瓦纳古陆发生裂变。科学家们推测，大洋洲与南极洲的最后分离大约发生在5300万~5500万年前。大约在2000万

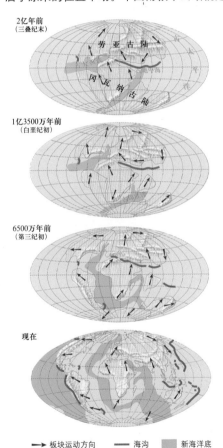

总论

年前，南美洲与南极大陆最后分离，中间形成了现在的德雷克海峡。从此，南极大陆成了完全独立的大陆。有趣的是，东南极大陆作为冈瓦纳古陆的"核心"部分，始终居于原来的位置不动。中国南极中山站就建在东南极大陆。

南极与中国，在地质历史上就有着紧密相连的关系。当年南极大陆的一部分——印度板块，不知为何向北漂移过来，猛冲到亚欧板块之下，把青藏高原垫高，在交界处形成了喜马拉雅山脉。来自新疆、青海、内蒙古的古生物、古环境的资料表明，中生代前期，这些地方水草丰美，沃野千里，植被茂密，动物群集，只是因为印度板块和亚欧板块的冲撞，使青藏高原隆起，挡住了亚热带暖湿气流的北进。接着，出现了塔克拉玛干沙漠、腾格里沙漠等大片沙漠，昔日繁茂的植被被深深地埋在地下。

可见，南极与中国西北地区的地形和气候的变迁息息相关。正如竺可桢先生所说："地球是一个整体，中国自然环境的形成和演化是地球环境的一部分，极地的存在和演变与中国有着密切的关系。"20多年来，中国在南极科学考察上投入了大量人力物力，其主旨是为了从科学上了解南极，进而促进包括中国在内全球环境演变的正确解读。

需要说明的是，由于南极距其他大陆比较遥远，中间隔着整日波涛汹涌的大海，抑或称西风带，加之南极洲气候条件极为恶劣，大大限制了人们对它的考察和了解。对南极的科学探索迄今仅有200多年的历史。因此，科学家们已经就南极考察给出的数据有些是不确定的，还有大量的自然科学之谜有待人们去破解。

2亿年前
（三叠纪末）

1亿3500万年前
（白垩纪初）

6500万年前
（第三纪初）

现在

➤ 板块运动方向　── 海沟　▨ 新海洋底

冈瓦纳古陆漂移示意图

▲ 中国考察队员出征南极

▲ 考察船航行在南极冰海

▲ 考察船靠向码头

▼ 驳船在冰海中运输

▲ 直升机吊运物资

▲ 向陆岸卸载建站物资

▲ 考察队员在施工

◀ "雪龙"号破冰船

▲ 极地探险英雄阿蒙森塑像

▲ 喜庆的日子——中山站奠基

▼ 中山站

▲ "极地"号遇到特大冰崩

▲ 南极冰盖边缘

▼ 在南极遭遇冰崩后向陆岸疏散考察队员　　　　　　　　　▲ 正在崩塌的冰山

▲ 被阳光融化的涛状积雪

▼ 测潮

▲ 生长在南极大陆的苔藓

▼ 南极也有热

▲ 东张西望的王企鹅

▲ 贼鸥展翅

◀ 王企鹅群

▼ 阿德雷企鹅来到中山站

▲ 马卡罗尼企鹅

◀ 小海豹　　　　▲ 企鹅与海象

▼ 王企鹅拜访驯鹿 (南极乔治亚岛上本无驯鹿，它们是人们从外地迁来的)

▼ 鹰嘴岩　　　　　　　　　　　▲ 石崖与冰山　　　　　　　▲ 碑状冰山

▲ 冰盖边缘
▼ 小艇与冰山

▲ 冰区断裂

▲ 滴冰岩

▲ 冰海晚霞

▲ 涛状岩

▼ 五彩石岩

▼ 石鸟与企鹅

《世界知识丛书》

南 极 洲

目 录

▌南极探险史▐

　　展开一幅南极地图，可以看到上面很多地名都是以某某外国人名字命名的，如阿蒙森海、爱德华七世半岛、彼得一世岛、哈康七世海、乔治六世海峡、四夫人浅滩、伊丽莎白公主地、威廉二世地、乔治王岛、毛德皇后地、鲁滨逊角等。可以说，这反映了人类最早探险与考察南极的历史。当时很多外国探险家到了南极后，仍沿袭地理大发现时的做法，对他们首次看到以及涉足的完全陌生地域，或以自已的名字，或以国王的名字，或以妻子的名字为该地命名。也有的地名是后人念及相关探险家的贡献追认的。循着这些拓荒者的足迹，一些学者将南极探险划分为发现时代、英雄时代、航空时代和科学时代。这样一来，使得人类向南极进军的200多年历史不再是杂乱无章，而是脉络清楚地展现在我们面前。

■ 发现时代

詹姆斯·库克

　　1772年—1775年，英国著名航海家詹姆斯·库克受英国政府的派遣，率"决心"号和"冒险"号两艘独桅帆船作环球航行，有三次穿过地处南纬66°34′的南极圈，航行最高纬度是南纬71°10′。现在看来，此地距南极大陆还有240千米，估计库克当时并不知道这一点。

　　1821年1月22日和28日，俄国南极探险队队长法捷依·法捷耶维奇·别林斯高晋率领"东方"号与"和平"号两艘帆船，越过南极圈发现了南极半岛的彼得一世岛和亚历山大岛。人们为了纪念他的这一成功，就把彼得一世岛和亚历山大岛之间1100千米长的

法捷依·法捷耶维奇·别林斯高晋

纳撒尼尔·帕尔默

迪蒙·迪维尔

詹姆斯·威德尔

海域称为别林斯高晋海。

1819年2月19日，英国的海豹捕猎者、船长威廉·史密斯率"威廉斯"号船，发现了南设得兰群岛中的利文斯顿岛。

1821年12月6日，21岁的美国海豹捕猎者纳撒尼尔·帕尔默船长，率队友乘16米长的单桅帆船"英雄"号，发现南奥克尼群岛。

1823年—1824年，英国探险家詹姆斯·威德尔在南极洲发现了第一个海，即威德尔海。

1831年，英国探险家约翰·比斯科经桑威奇群岛进入南极圈，先后发现了恩德比地、阿德莱德岛和比斯科群岛。

1839，由迪蒙·迪维尔率领的法国探险队不仅发现了阿德利海岸，出于研究目的还采集了岩石标本。据称他由此成为首位获得南极大陆标本的人。

1840年，由查尔斯·威尔克斯领导的美国探险队，沿东南极海岸航行2300千米，发现了沿途海岸和山脉，现已把东经100°～150°的广大陆地，命名为威尔克斯地。

1840年，英国探险家詹姆斯·克拉克·罗斯率领探险队，乘"埃尔伯斯"号和"恐怖"号帆船前往南极。翌年，发现了维多利亚地及其以西深入大陆内部的南极洲第二大海——罗斯海，同时考察了罗斯海南面长达800千米、高为10～70米的罗斯冰架。

现在难以澄清的问题是，这些探险家谁第一个发现了南极大陆？对此，各国主张大不一样。俄国人认为应是别林斯高晋，英国人认为是布兰斯菲尔德，美国人认为应是帕尔默，莫衷一是。

■ 英雄时代

英国著名探险家欧内斯特·沙克尔顿试图成为世界上首位到达南极点的人。他率领探险队把理想付诸行动，居然不惧艰险地于 1909 年 1 月 4 日到达南纬 88°23′，此地距南极点仅有 178 千米。然而由于探险队所带粮食有限，再坚持下去无法果腹，不得不返回。不过他也创造了历史，竟然用 5 个月时间，行程 2700 千米，而且在没有任何补给站及支援队的情况下，从茫茫南极荒原上安全返回。沙克尔顿是个有心人，他以此次失败为依据，总结了怎样

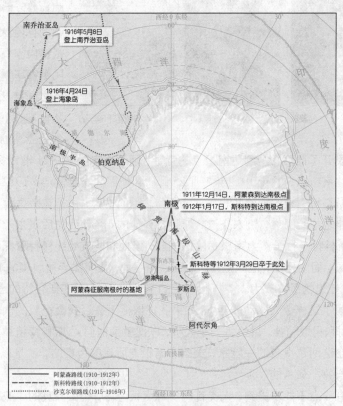

阿蒙森、斯科特和沙克尔顿南极探险路线图

才能克服困难到达南极点的要诀，为日后他人登南极点提供了宝贵经验。1921年9月，沙克尔顿又乘"魁斯特"号船开始了他的第四次南极探险，1922年1月5日，当考察船航行到南乔治亚岛的第二天，因心脏病发作与世长辞。他的遗体按他夫人的嘱托葬在南乔治亚岛上。她说："因为那里距我丈夫终生向往的地方最近。"沙克尔顿墓碑上写着这样的话："把一生献给南极大陆探险的勇士——欧内斯特·沙克尔顿之墓。"

阿蒙森

斯科特

斯科特留下的日记

真正冲击南极点的竞争，在英国探险家斯科特率领的探险队，与挪威探险家罗阿尔·阿蒙森率领的探险队之间展开。两支队伍均在1911年1月登上南极大陆，客观上展开了谁第一个到达南极点的竞赛。阿蒙森率队于1911年12月14日首次到达南极点，并于1912年1月25日顺利地回到安全营地。1912年1月17日，斯科特率领的探险队也到达南极点。返回途中，由于竞争失败产生的沮丧，加之补给困难，饥寒交迫，斯科特和他的4名伙伴先后丧生于南极冰原上。斯科特一行虽然为南极探险而捐躯，但他和队友始终保持着探险家的优良作风。面临死亡，他们坚持记日记、拍照片，没有抛弃所收集的18千克化石，这些遗物最终成为人类探险事业的宝贵财产。人们在斯科特的遗书中，发现他写了这样令人感动的话："如果我能够活下去，我会把我的伙伴的刚毅、忍耐和勇敢精神，讲给每一个人听，以便激励他们。"斯科特精神不朽！为了纪念这两位卓越的探险家，美国在南极点所建的考察站，就是以"阿蒙森－斯科特"命名的。

还有一点不能不提到，人类首次实现南极越冬，是由旅英的挪威博物学家博奇格雷文克所领导的探险队创造的。这支探险队乘坐"南十字座"号船，

于1899年2月到达位于南极大陆维多利亚地阿代尔角，建起了越冬站，然后留下10人越冬，取得成功。

■ 航空时代

先后在南极实施开创性航行的有英国飞行员休伯特·威尔金斯，美国的伯德、林肯·埃尔斯沃思，德国阿尔弗雷德·里彻领导的飞行探险队等。

1928年10月11日，伯德率领探险队到达罗斯陆缘冰区，并在鲸湾附近建立了营地，定名为"小亚美利加"基地。一次，他从基地起飞，经过南极点又飞返基地，仅用了15小时51分钟。当年阿蒙森从这里出发远征南极点，用去了7个月时间。

林肯·埃尔斯沃思做出的贡献极不寻常。他和同伴各驾飞机从南极半岛顶端出发，纵贯南极半岛，横穿西南极洲，到达鲸湾，航程长达3700千米。他还开创性地实现了首次在南极大陆着陆，证实飞机可以用于南极大陆考察。飞行中，它们发现了森蒂纳尔岭和霍利克－凯尼恩高原。

■ 科学时代

早在1904年，阿根廷利用距南极较近的便利条件，在南极南奥克尼群岛斯科舍湾上建立了考察站，站名为南奥尔卡达斯。后来到南极建立考察站的国家逐步增多，仅在1957年—1958年的国际地球物理年期间，就有阿根廷、比利时、日本、智利、法国、英国、美国等12个国家，建立了67个南极考察站。其中典型的考察站有美国在南纬90°南极点设立的阿蒙森－斯科特站，苏联在南纬78°28′、东经106°48′建立的东方站，法国在南磁极附近，也就是南纬66°40′、东经140°建立的迪蒙·迪维尔站。有的国家考察站很多，以澳大利亚为例，在南极就设有凯西站、莫森站、戴维斯站和麦夸里岛站等4个考察站。

就南极考察规模而言，以1946年—1947年美国以海军演习的方式对南极进行的考察为最。美方共出动13艘舰只（其中有两艘破冰船和一艘航空母舰），25架飞机，4700多名各类人员，此外还有11名记者。至于各国派往南极的各种考察队，难以尽数。

中国人来到南极

■ 创建南极考察站

中国组队赴南极考察始于1984年—1985年。尽管中国进军南极的时间要比一些国家晚许多，但中国对南极考察的发展势头却令世人刮目相看。我国不仅于1985年在南设得兰群岛的乔治王岛上建立了长城站，还于1989年在南极大陆创建了中山站。诸多国家在南极设有考察站，其水平往往反映在冬季是否也能使用，即能否坚持常年科学考察。据1990年统计，南极常年用于工作的48个科学考察站中，中国就有2个。

1984年11月，中国首次组织南极考察编队赴南极考察，其中的内容之一是创建中国南极长城站。500多名考察队员，分乘"向阳红"10号和"J121"打捞救生船，自上海启程，航行37天，航程11171海里，驶入乔治王岛麦克威尔湾。考察队员克服了天上落下的雪雨、地面上的泥泞等困难，终于在1985年2月建成中国首个南极考察站——长城站。长城站精确的地理座标是：南

风雪中的中国南极长城站

中山站创建初搭起的帐篷

纬62°12′59.32″，西经58°57′51.87″。距北京17501.949千米。考察站北临德雷克海峡，与南美洲的合恩角相距约960千米。南面与南极半岛相望，距离约130千米，中间隔着布兰斯尔德海峡。在南极洲，乔治王岛是南设得兰群岛中最大的一个岛屿，上面有多个国家设立的考察站。

1988年11月，为了创建中山站，考察队员乘一艘经改装的旧抗冰船"极地"号驶向南极冰区。队员们先后遇到了冰原阻挡、特大冰崩等一系列艰险，终于建起中山站，谱写了可歌可泣的英雄业绩。中国

中山站落成典礼

南极中山站是中国在南极大陆创建的第一个考察站，建成时间是1989年2月26日。考察站位于东南极大陆伊丽莎白公主地拉斯曼丘陵的维斯托登半岛上。其精确地理座标是南纬69°22′24″，东经76°22′40″，距北京为12553.160千米。位于普利兹湾东南沿岸的中山站，西南距艾默里冰架和查尔斯王子山脉几百千米，那里是进行南极海洋和大陆考察的理想之地。

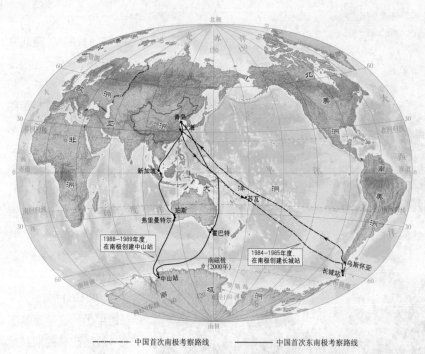

————— 中国首次南极考察路线　　————— 中国首次东南极考察路线

中国南极考察航线示意图

近年来，我国考察队员又深入南极大陆格罗夫山，进行地质、气象、冰川、测绘等多个项目的考察。仅在陨石收集上就取得巨大成功。1999年在格罗夫山收集到4块陨石；2000年收集到28块陨石；2003年收集到4448块陨石；2006年收集到5354块陨石，其中还有一块月球陨石。

■ 极地遇险

经常与危险相伴，是南极考察的一个特点。格林斯冰盖救险就是其中一例。1990年1月15日，中国南极长城站地区突遭暴风雪袭击，12级大风刮得天昏地暗，外出考察的韩建康、康建成、温家洪3位队员被暴风雪困在乔

治王岛的格林斯冰盖上，与考察站失去联系，生命安全面临严重威胁。

这是多么令人揪心的消息啊！当时，工作在长城站的队友个个心急如焚，他们曾组织7人营救小组，试图到距长城站20多千米的冰盖上寻找队友。肆虐的狂风仍在呼啸着，他们在能见度只有3米的情况下登上了冰盖。格林斯冰盖就像一口铁锅倒扣在大地上，到处光秃秃的，为暴风雪肆虐提供了条件。营救队员上身前倾、扭着头，走三步退两步地行进几百米后，被风吹回。惦念队友的安危，他们又第二次鼓起勇气登上冰盖，同样难以立足，又像秋叶一样被嘶鸣的强风扫回。

南极气候难以预测，暴风雪持续七八天是常有的事，而遇险队员赖以生存的物资十分有限。食品，还能够用一两天；御寒，只有一个充气帐篷和两小桶燃料油。显然，他们难以长时间地维持时日，拯救遇难队员迫在眉睫。3名队员在南极冰盖遇险的消息很快传到了中南海，国务院领导同志指示：一定要把遇险队员救回长城站。

气象预报分析给营救工作提供了帮助，预计1月17日中午前后，长城站地区的风力可能减弱到6级左右，而后会有更大的气旋到来。时任长城站站长的张杰尧率领11名队员，带着各类抢险救生物资，乘坐雪地履带车和雪上摩托直奔冰盖。同在乔治王岛上的外国友邻站也加入营救队伍，乌拉圭站和智利站分别出动了雪地车和直升机。近处大雪飞扬，远方一片迷茫。队友们在哪里呢？风，渐渐地变小了，能见度可扩展到百米。营救队伍根据掌握的资料，估计遇险队员可能在南纬62°07′，西经58°37′的位置。搜索车辆前进着，在冰盖上留下了一道道辙印。找到了！他们突然发现了3位遇险队员考察途中插下的并已被风吹倒的路标标杆。沿着标杆继续寻觅，终于在冰雪中看到了一个微露的帐篷顶。遇险队员就窝在这个帐篷里。

大难不死，队友们见面分外激动。他们热烈地拥抱，泪水止不住地顺着面颊流下。遇险队员说，他们曾两次突围，可惜都失败了，只能等待救援。为了延长生存时间，他们采取节食和减少体力消耗等办法，但怎么也没想到，被困3天就获救。

"极地"号在南极被坚冰撞了一个洞

考察队员在为考察船补洞

中国南极考察队员在南极遭遇特大冰崩一事，在南极考察史上是前所未有的。1989年1月15日。被冰原所阻多日的"极地"号终于航行到距陆岸约400米的地方，抛锚停船，准备卸载创建中山站的物资。这时，队员们忽然发现海中浮冰剧烈翻动，有的互相撞击，有的荡着海水哗哗作响，泛起一片片白沫。再向远方望去，只见左舷冰山在移动，其边缘冰块纷纷崩落。考察船船长意识到，这是非常危险的冰崩在发生，赶紧跑向指挥舱。广播中很快传出他的指令："紧急备车，起锚人员就位起锚，所有船员就位应急。"沉重的铁锚拔起了。就在这个时候，距船左舷约1千米的冰山发生更大面积崩塌。伴着"隆隆"声，覆于冰山顶部的积雪，随着冰山的翻滚，扬向空中，天色立刻阴了下来。有的巨大冰体扎进海水中，激起海浪10多米高。由于惯性的作用，冰体往深海潜行。但它毕竟不是石块，当它潜到一定深度时，巨大的浮力又使它快速上升，随着海面突突翻花，吉普车大小的冰体猛地窜出海面。考察队员都知道，"极地"号再也经不起流冰的猛烈撞击，自进入南极冰海以来，它一直负伤而行。20多天前，"极地"号从南纬60多度刚刚切入冰区，船舷就被坚冰撞了一个洞，后来洞口直径被撕大到近1米。好在"极地"号的壳体是双层的，加之船员小心地驾驶，大大减慢了航行速度，否则早就演化成冰海沉船的悲剧。

观察浮冰

　　船长的指令及时而有效。如果船不起锚，不开动起来，考察船只能被动地受到滚滚袭来的冰块撞击。考察船的前方500多米处是石崖，后面已基本被冰山阻断，右面是浅滩，这意味着它只能在300多米的距离内"拉锯"。此时，没有坍塌的冰山，如同航空母舰一样向左后方深海区快速移动。前些天乘直升机登陆的16名队员，原本抱着满心欢喜的心情来迎接"极地"号，当他们见到船上的队友处于冰崩危险之中，考虑到冰海中冰块正在互相撞击，不能下海救助，一个个急得泪流满面，有的甚至跪在地上向冰山磕头，祈求冰山别再崩了。

　　特大冰崩虽然没有酿成悲剧，但列列冰山还是将考察船围堵在海湾内一星期。最后随着冰山的移动，冰山间拉开了空隙，才为考察队员建站报国提供了契机。

地质地貌面面观

　　乔治王岛上俄罗斯别林斯高晋站站长办公室里，曾悬挂着两片叶脉清晰的阔叶树化石。去那里做客的中国考察专家鄂栋臣开始没有在意，误以为站长是位化石爱好者，千里迢迢从国内带来装饰在办公室里。经打听并非如此。站长说是从附近山上拾来的，地点就在中国南极长城站东北约1千米的山上。这是一个令人高兴的消息，要是也能掘到类似的化石，等于获得了南极大陆远古时代的生物信息。出于对化石的渴求，鄂栋臣顾不得对方会否出于保密原因而拒绝告诉他，竟贸然请站长带他去，希望也能掘一块回来。可能是他的热望感动了对方，1986年3月1日，站长带着他去了那个地方。挖深不到一尺，他如愿似偿地找到了阔叶化石。化石质地很好，连叶脉都可以看得清清楚楚。接着掘下去，又找到了针叶化石、树木枝干化石。这些化石上的植物均属于热带和亚热带。由此判断，远古时期的南极大陆是个林木茂密、绿阴遍地的世界。

寻找有特征的石头

证实远古时期南极曾拥有森林的证据并非仅仅在乔治王岛。美国俄亥俄州古生物学家伊迪丝·泰勒、鲁宾·库尼奥于20世纪90年代初在《科学》杂志上发表的论文更能说明问题。论文中说，他们在南纬80°～85°靠近蒙特阿尔切纳中部横贯南极山脉附近，发现了一块20米×12米的古代森林遗址。此地距南极点约640千米。有的地方化石密集，在一块9～18厘米直径的范围内竟有15根露出地面变成化石的树根。通过观察羊齿属和同类蕨状植物脱离页岩和泥沙岩的痕迹，可以得出这片森林当年很稠密，大约每公顷2000棵树，树龄为7～15年。这表明，在二叠纪时期，该地区气候温暖，给植物的迅速生长提供了充足的自然条件。

而今，植物在这块大陆上已变得十分罕见。

现在在南极大陆仅发现三种开花植物，如南极发草属草、垫状植物等，分布地点均在南极半岛北端，处于亚南极。地衣在南极最为常见，以至距南极点约300千米的地方还有存在。苔藓次之。至于树木，皆与南极无缘。

地质考察

南极板块是全球7大岩石圈板块之一，是约1.8亿年以前由冈瓦纳古陆解体后残留下来的一个陆地，它的一个重要特点是周围几乎完全被大洋中脊所环绕。考察队员对在东南极恩德比地内皮尔刨下的片麻岩中，通过离子探针测定单颗粒锆石，获得了39亿年龄数据，该地区由此成为当今世界上为数不多的表壳岩年龄最老的地区之一，这对于研究地壳早期演化具有重要作用。

南极地质地貌有很多独有之处。罗斯海及其北延部分是一个巨型大陆裂谷，被称为西南极裂谷。这个裂谷把南极洲分为东西两半。此裂谷之大，可以同非洲的东非大裂谷相媲美。南极大陆山峰海拔一般都在200～2000米之间。最高的文森山在海拔5140米，我国著名探险家王勇峰等曾登顶成功。

南极大陆上有两座活火山，一座位于欺骗岛上，1969年2月喷发过，且毁了一座设在那里的考察站。另一座是位于罗斯岛上许久没有喷发的埃里伯斯火山，这座火山海拔3794米，是那一带最高的山峰之一。

南极洲矿产资源丰厚。以前一些国家想对其开采，后来南极条约组织考虑到各种因素，如南极地区归属不清，而且任何开采都会带来污染，南极自净能力又差，开采就意味着灾难，等等。南极条约国达成协议，南极的矿产资源开采留待以后再说。从某种意义上看，这是一个非常明智的选择。那么，南极都有那些矿藏呢？

煤：有人估计，世界上最大的煤田在南极，总储量约5000亿吨。主要蕴藏在横贯南极山脉中，绝大部分是距今约2.5亿年二叠纪时形成的煤。

·小资料·

由于南极很多矿产资源蕴藏在大陆架，对其开发存在数不尽的困难。现在很多国家从海上钻取石油和天然气，一般在大陆架，这样的地方水深只有200～300米，已研制的钻井设备也适用于这样的水深。南极大陆架水深达500～600米，最深的罗斯海深达800米，现有的钻井设备根本派不上用场。还有一个难以避开的问题，就是在南极大陆架海域那一座座无规则运动的冰山。这些家伙大且厚，平时随海流运动。遇有强风刮来，又随风而行，速度极快。钻井遇到它，就等于遇到了推土机，只要相撞就会被摧毁。有人会说，遇到危险，可否人工移走冰山来避险？实际上根本行不通。1978年，有一座重达29万吨的冰山漂到了加拿大东海岸，有人想用船把它拖开，其目的是试验一下是冰山拖着船走，还是船拖着冰山走。结果如同蚂蚁推大象。冰山不是不动，动也是船随着冰山而动。南极一些冰山可不是29万吨，亿吨级冰山也不鲜见，如何移得动！还有，不管是采油还是采气，均要铺设油管，这是常见的油气输送方法，而东游西逛的冰山随时会摧毁油气管。

铁：在查尔斯王子山，发现了一条厚 70 多米、宽 10 千米、延伸 120 千米，品位高达 58% 的富铁矿带。

油气资源更为丰富。地质学家认为，在罗斯海、威德尔海和别林斯高晋海，估计储有 45 亿桶石油。有人甚至做出更为乐观的估计，南极可能是地球上除中东以外另一个能源重地。

窝状风化岩

南极出露地表的陆地仅占南极面积的 2%。这些地方除了石山石块，基本没有土壤。中山站附近的地表就很有代表性。伫立在科学考察船上，远眺南极大陆拉斯曼丘陵，视野里除了闪着银光的茫茫无际的积雪，便是一些山岩裸露的山包，到处是光秃秃的一片，让人想不出在这人迹罕至的旷古荒原上，还有什么值得留恋！但当你登上拉斯曼丘陵，就会为这里一处处坦露在地表、毫无遮掩的南极石所陶醉，它们姿态万千，线条流畅，色彩艳丽，尽现了南极大陆特有的魅力。

岩石横直纹

有些南极山脊的岩石呈现着强烈的涛动状，无数或深或浅的孔洞，有如腾空而起的海涛，并被凝固，成为永恒。南极的涛动岩是怎样形成的，这是一个有待回答的问题。

作者在彩石崖上

中国南极中山站附近的一处山坡上，散布着一块块犹如石笋一般的山岩。这些以卧姿并排出现的石笋，尽管笋头长短不一，但端部的横向石纹却是脉脉相承。由此不难断定，它们皆脱胎于早期的一块完整的岩体。

还有独立于地面1米多高的岩体，呈椭圆形的略薄的岩壳形状如同立起的龟背。

南极有一处临海石崖，被中国考察队员们誉为南极"壁画"。在这长约200米、高约40米的石崖上，到处呈现着美丽纹理。"壁画"中上方，横贯着一朵4米多长、酷

乳突岩

似浮雕状的"祥云"。"祥云"的下方，如同悬挂着一幅美丽的"彩绸"。"彩绸"上一条条或舒展或细密的石纹彩线，其流畅自如，只有神话传说中的天上织女才能织就。石崖有的地方凹凸不平，延伸的岩纹并没有因此而中断，而是作回转状，于是，强烈的飘逸感由此而生，谁看了都会叹为观止。"壁

避风陡崖

"怪面人"

画"的另一端，是两个平行的靠得很近的岩窝，其岩纹各呈环形，驻足细看，酷似人的两只眼睛。

· 小资料 ·

南极大陆在运动

我国测绘人员通过1997年至2005年的精确观测，首次获得了南极板块运动数据。他们发现，南极大陆总体上在向南美方向运动。

2006年4月在武汉举行的"南极考察地区基础测绘项目验收会"提供的情况表明，1997年1月，我国在中国南极长城站设立了GPS卫星观测站；1998年12月，我国又在中国南极中山站设立了GPS常年卫星跟踪站。这两个卫星站的设立使我国能持之以恒地监测南极地壳的运动。

观测表明，地处南极半岛的长城站地区，在水平方向上呈现向美洲大陆稳定运动的趋势，平均年运动量为18.50毫米。地处东南极的中山站地区在水平方向呈现向西南运动的趋势，东南极年均运动量为8.70毫米。从地壳运动的幅度看，西南极大于东南极，南极半岛又大于南极其他地区。研究人员认为，这与南极的地质构造是一致的。东南极是比较稳定的前寒武纪地质，西南极地形复杂，有海底火山运动和裂谷运动，在南极半岛地区地质活动更为激烈。

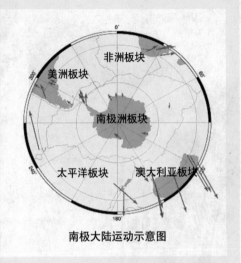

南极大陆运动示意图

综合利用其他国家GPS观察站的观测资料，经过科学的数据分析，我国科学家得出南半球各大板块的整体运动图像：太平洋板块向西北运动，纳兹卡板块向东北运动，非洲板块向东北运动，南极板块向南美运动，澳大利亚板块背离南极板块向北运动。

澳大利亚板块运动情况最为特别。大约在5000万年以前，澳大利亚板块就开始以每年7至8厘米的恒定速度背离南极板块，至今仍是如此。研究人员在澳大利亚板块上设立的GPS观测结果也证明了这一点。

▌白色大陆▌

南极大陆冰盖

地球上高海拔地区或高纬度地区，到处裹着皑皑白雪，以及覆盖着不尽的冰川。为什么唯有南极大陆被冠以"白色大陆"？这是因为这里的冰雪太多了，任何一个洲都不能与之相比。还是让我们先看看一些令人吃惊的数据吧！

南极大陆 98% 的陆地为冰雪所覆盖。扣在南极大陆的冰盖平均厚度为 2450 米，有的地方厚达 4750 米。

冰盖太重了，以致坚实的南极陆地也经不起它无休止地重压，个别地方已深陷约 1000 米。

淡水资源在很多地区都颇为匮乏，南极却是例外。这里拥有地球上 90% 的冰，相当于全球淡水储量的 75%。

南极冰盖表层并不是平滑的。一是上面布满冰角，如同斜置着千千万万把矛尖。它的顶端锋利，走在上面极易受伤。每个冰角的基部都有冰窝，行走在上，脚会自动往里滑动，稍不注意就会崴伤脚。为了安全行走，考察队

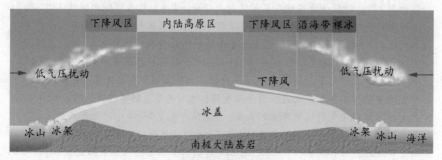

南极大陆冰盖剖面示意图

冰盖表面尖利的冰突

冰丘倒影

员采取两脚呈八字迈动，横着踩在冰尖上，冰尖咔咔地折断了，脚也不再往冰窝里陷。这些密密麻麻排列在冰面上的冰角形成过程是：阳光融化了冰面，强风吹来，于是出现小的冰突，然后逐渐加大。换句话说，这些"矛尖"是阳光、强风、寒冷合力雕刻而成。冰盖内陆最多的是冰丘垄，高一两米，长几米或几十米不等。冰垄主要是强风切割而成。垄向表明当地盛行的风向。硬硬的冰垄压不陷踢不飞，不管是乘车还是徒步行在这样的地方，均十分困难。冰盖上最危险的地方是被大雪虚掩的道道冰裂隙。宽半米或几米不

·小资料·

　　1990年11月21日晚，一辆D8拖拉机连同两位科学家陷入罗斯冰架一条冰裂隙里。附近的斯科特基地人员闻讯赶来营救。怕拖拉机在冰隙中继续下沉，失去营救的机会，救险人员先下去为两位遇险者拴上救具和绳套，在冰面人员合力帮助下，终于将困在冰裂隙中达三个半小时的两位科学家拉了上来。他们虽然没有受伤，但已被冻得瑟瑟发抖。原来，掉入冰裂隙的拖拉机就像一台冰铁柜，"吸"走了他们身上的热量。1989年，以矢内桂三为队长的9人南极陨石考察队，所乘雪地车陷入冰裂隙，矢内队长等人受伤。当时共有3辆车进行，陷入25～30米深冰裂隙的是矢内队长乘坐的头车。其他队友花了3个多小时把两人救出。结果救助者河内雅章不小心自己又陷入约25米的冰裂隙，又用了3个多小时才完成全部救助。1960年和1974年，日本先后有两名队员陷入冰裂隙死亡。

等的冰裂隙，没有人能说得清它最深有多少米。

各国科学家经多年对南极冰盖的科学考察，获得了一系列重大发现。

经用无线电对冰盖探测，发现硬梆梆的冰盖之下还有"湖泊"。这些湖位于巨厚冰层下亚冰河地表的凹陷处。数十个宽度大于5千米的湖在东南极已被勘测。2006年3月3日《参考消息》引英国路透社消息称："南极有超过70个冰下湖……年龄在1500万～2000万年之间。"最大的湖位于俄罗斯东方站附近，被称为东方湖，面积约为8000平方千米。此地冰盖厚度为4000米。

路透社消息还称："俄罗斯研究人员正在用钻机穿破东方湖的冰层，试图解开'地球上最后一块处女地的秘密'。"钻机"已经深入到离湖不足130米处了……2008年之前将穿透冰层。"冰原下为什么会形成湖？科学家对此做出这样的解释：冰层下的融化温度可能高于冰盖。也可能一定的地热影响了冰盖下的底层冰。

用于冰盖考察的雪地车

长久被冰封的湖里有生物吗？而今这个自然科学之谜已被解开。

2002年12月21日《参考消息》报道：科学家在南极冰湖中找到的休眠2800年的微生物已经复苏。这个湖叫维达湖，埋在19米厚的冰层下。研究人员说，从半融化的冰层和紧贴水面的水中取回的核心样品中，含有冷冻状态的细菌和水藻。它们在试验室中恢复了生命。芝加哥伊利诺伊大学地球科学家彼得·多兰说，维达湖位于南极洲罗斯陆缘冰附近的麦克默多谷，这个谷的冰体一度被认为是完全的固体。雷达探测表明，它实际装满了非常咸的水。冰层下的水比普通海水咸6倍，在－10℃仍不结冰。科学家进而推测说，

冰间湖

冷冻了2800年微生物的存在与复苏，表明火星上应该有生命。

南极大陆冰盖最厚的地方在哪里？按常规猜测应该在冰盖隆起的顶部。用机载雷达对南极大陆探测结果表明，冰层最厚的地方是距海岸仅400千米的一个地方。这是亚冰河的一个深沟，里面填满了冰，冰厚达4750米。这里还有一连串亚冰河山脉隆起，海拔3500米。

水往低处流，这是一个最浅显不过的道理。有趣的是，冰亦如此。南极大陆冰盖从各个不同方向流向大海，流速从内陆地区的每年不足1米到近海地区的每年100多米。流速最快的地方在冰河口，每年可达1000多米。

中国最低的地方是新疆的艾丁湖，海拔−155米就让人吃惊不小。而南极陆地三分之一的地方低于海平面。像奥罗拉亚、威尔克斯冰川盆地的许多地区都在海平面下1000米。伯德亚冰川盆地则更低，为海平面下2500米。

冰盖年龄是科学家经常关注的一个课题，但认识不一。早在1975年，美国有位叫沙克尔顿的科学家通过对深海沉积物以及底栖有孔虫的氧同位素分析，认为大约1040万～1650万年前，南极只是一个被局部冰封的大陆，大部分地区仍有陆地出露。后来又有两位科学家以氧同位素测定冰盖年龄，认为在大约距今3220万～5780万年的第三纪始新世，就存在相当规模的大陆冰川。他们还推测，该冰川可能在白垩纪就开始发育了。也有科学家指出，南极冰盖随着空间的不同，发育的年代也有区别，东南极大规模的冰川作用可远溯至3600万～4000万年前。而西南极大规模冰川作用则不会超过2370万年前。还有一种理论认为：在过去的1500万年中，覆盖南极洲的95%以上的陆冰一直保持完全而且很稳定。

著名的中国科学院院士刘东生执著于黄土高原考察,目的之一是在巨厚的黄土层里寻找古气候演变的信息。南极冰原中同样隐藏着古环境信息。寻找冰体中具有高稳定度的氧和氢的同位素相对数量,能够反映当时的大气温度。当气体被封入冰原,冰原表面高度与当时的大气压力有关。对稳定同位素和其他各种变量年变层的确定,可以估算出当年的积雪厚度。利用积雪深度进一步换算可获得当年的降水量。

为此,对南极冰盖打钻获取冰芯,已经属于南极考察队员必然要做的工作之一。经验证明,获得2000米的深层冰核,从中可得到15万年前的气候信息。

· 小资料 ·

迄今俄罗斯钻取的冰芯年代是42万年前的,取自东方站。德国在科嫩基地钻深1564米,获得了5万年前的冰芯。日本国立极地研究所保存着5000根冰芯,是1995年——1996年在南极大陆多姆藤基地钻取的,最深为2503米。我国第19次南极考察队,在埃默里冰架成功地钻取一支长301.8米的完整冰芯。

为了获取更为久远的古气候资料,澳大利亚已经研制了能钻深4500米的新型机电冰钻。如果派上用场,人类对远古时期的了解更为精确。现在是过去的延续,了解了古气候历史演变过程,便可预知未来的气候状况,人类在生产和生活中就会获得越来越多的主动权。

南极冰盖也有让人忧心的地方。由于受全球气温升高的影响,南极冰盖有些融化。2006年3月报载,来自美国宇航局发表的一份最新报告称,南极冰近年来以每年152立方千米的速度融化。这些融化的冰每年会使全球海平面上升约0.4毫米。研究人员称,仅西南极冰原彻底融化就会使全球海平面上升6米。关于这方面的警告过去也散见于各种环境报告,有的说,如果南极冰原全部融化会使全球海平面上升60米,纽约、阿姆斯特丹、上海等相关沿海地区,都会变为泽国。总之这是一个令人关注的问题。全球二氧化碳浓度增加,南极臭氧层空洞增大,均会升高南极的温度,影响南极冰盖的稳定性。即使南极冰盖仅仅作为人类生存环境的"空调",我们也要关注它的变化,那怕是细微的变化。

冰山巨无霸

海中游动的冰山，是地球南极与北极的"特产"。不过两极冰山没有可比性。就其数量而言，南极冰山是北极的四倍多。单体规模呢？北极冰山矮且小，南极冰山多是巨无霸，有记录的最大冰山面积为5538平方千米。有的学者说，在南极辐合线内，大约有冰山218300座，平均每座冰山重达10万吨左右。

冰山

四分五裂的冰山

人们比喻某一事物总体情况时，常常以"露出冰山一角"来形容，意思是更多的内容还没有显露出来。那么，浮动在海中的冰山，出露在海面以上以及隐藏在海面以下的比例是多少呢？一般是上为一，下为四。

冰山的产生，均来自南极冰盖边缘。受地球引力作用，加上冰盖四外下垂的形态，其表面每年都要以一定的速度向外下滑。当冰面从陆岸滑向海中，遇有陡崖或陡坡，在后推力的作用下，再继续延展，必然会出现断裂。离开冰盖母体的冰面便称为冰山。

南极特大冰山主要产自冰架。仅仅因为冰架面积辽阔，南极大陆可净添150万平方千米的面积。有些冰架奇厚无比，达470多米，如罗斯冰架、菲尔希纳冰架、龙尼冰架、亚美利冰架等。在冰架地带，延展的

冰盖越是接近大陆边缘，冰面厚度就越会变薄，并伸向海洋。此时也有人将其称为冰舌。冰舌下面因为是海洋而非陆岩，冰舌前进的阻力自然减少，从而为个别冰架快速移向海洋提供了动力，最快的地方每年能移动2500米。

·小资料·

> 每一座冰山的孕育过程需要多年时间。有些地方如果不在冰盖上做标记，并坚持常年观测，是难以发现其位移的。如果冰盖每个月下滑的速度是两米多，冰下所接触的陆岩坡度又比较缓一些，冰舌的移动就像碗里溢满的芝麻酱——慢吞吞地外泄。若冰盖的边缘地带陆岩是陡崖，冰山的产生就会变得轰轰烈烈。突然坠入海中的大冰山会激起波浪翻腾，雪尘飘飞。

2002年3月18日，美联社从华盛顿发出一条新闻。消息称，一座相当于新加坡陆地面积9倍多的冰山从南极冰架断裂开来。一天后，电视上又继播相关画面，只见一座座平面大冰山相互间已经拉开了很大间距，向宽阔的陆缘冰区散去。南极冰山出现特大松动是美国国家冰川中心发出报告的。这座代号为B-22的冰山，脱胎于阿蒙森海的一块冰舌。断裂冰山的总面积为5538平方千米。冰山的名字是以其最先被发现的所在南极区域命名的。B标识区包括阿蒙森海和东罗斯海，22则表明它是美国国家冰川中心在这一区域发现的第22座冰山。从事冰川研究的科学家为此惊呼：这反映了全球气候变暖的速度在加快。过去，科学家们也曾发出类似的警告。1995年，一座面积为2600

漂移到陆地附近的冰山

多平方千米，相当于卢森堡国土面积的大冰山，从南极半岛纳尔逊冰架入海。由于它的庞大，脱离冰架后，竟拉长了一条60千米宽的裂口。再上溯至1986年，曾有1100平方千米的冰山，同样从南极半岛的纳尔逊冰架崩入海中。仅在1966年—1991年，就有多于1300多平方千米的冰量，从南极某冰架消失。

冰丘

冰山已化解为鸭状碎冰

南极海上冰山多为平顶，在海流和风力的作用下，总处在移动中，往往是今日近在眼前，明天便没了踪影。科学考察表明，在海流的作用下，冰山每天以10～20千米的速度随波逐流。至于冰山寿命，科学家认为大致是13年。在海浪和阳光等自然力的作用下，冰山逐渐分解破碎。乘船进入南纬60°以后，就可以看到这些零散的小块浮冰。它们优哉游哉地浮在无垠的碧波之上，虽然没了恢宏之势，但又现出各种小巧逼真的造型。

也有的冰山搁浅在陆岸沿海，并基本固定在那里。一般来说，搁浅的冰山体积庞大，气势恢宏。以中国南极中山站附近搁浅的冰山为例，站后的一座冰山有60余米高，人字形的尖锋直刺蓝天，颇似法国埃菲尔铁塔。还有一座碑体状冰山，高约30多米，基部好似由八字形的大理石铺就，挺拔、俊秀，直指苍穹，令人叹为观止。站址对面横亘着一座冰山，长约200多米，高约70多米，样子好似机翼损坏而其他部分完好的巨型飞机。这些冰山奇特的造型，完全是风蚀日蚀所致。大自然的鬼斧神工，把这些冰山雕塑成千姿百态，是任何人工雕饰的冰雕不能与之相比的。

粗犷、伟岸和多姿的南极冰山，对船只航行来说是一种危险。为了安全，船员们时时绷紧神经，不仅要防止随时发生的冰山崩塌危及船体，还要防止

考察船陷在冰山间

考察船与冰山相撞。在世界航海史上，冰山曾造成数次惨烈的海难。1912年4月初，长269米、排水量为45000吨的巨轮"泰坦尼克"号在大西洋上首航，14日航行到纽芬兰岛东海面时，撞到一座冰山上，沉入海底，致使1500人葬身鱼腹。还有1959年丹麦海轮"汉斯·郝托夫特"号在格陵兰岛南端费韦尔以东海面撞上冰山，也造成近百人死亡。

不过也不能不看到，南极冰山也是巨大的淡水资源，具有干净、甘甜、不含有害杂质等优点。单是每年从南极大陆游离的冰山和冰块就达14000多亿吨，可以提供10000亿立方米的淡水。若以世界每年用水量3000立方千米计算，这些游离的冰山和冰块足够供应全世界的工农业用水，以及40亿居民4个月的用水。从理论上来讲，冰山可以从水深不小于200米的水路抵达任何地方。有人认为，将冰山移到低纬度是困难的，但移到澳大利亚南部、南非开普敦是可行的。有的科学家作过估算，每年仅从南极冰盖滑落的冰山，就达约12000平方千米，利用其中的十分之一，每年就可产生1000万美元的经济效益。成本又当如何？以把冰山运到澳大利亚为例，每立方米的费用为0.0013美元。海水淡化价格每立方米以0.19美元计算，远远高于拖运冰山的费用，为利用冰山水的146倍。

资源丰富的磷虾

对于南极洲很多动物来说，磷虾是它们赖以生存的基本食物，也是南大洋*的生态基础。随着人类对磷虾肉蛋白的初步开发利用，它必然还会成为人类营养的追求目标。因此有必要对磷虾数量、生活习性和在南极洲生物链中所担当的关键角色做一介绍。

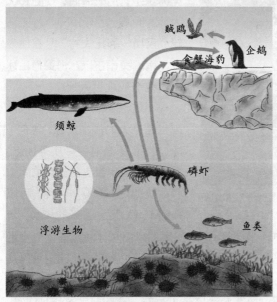

南极海洋食物链

生物学家经过多年考察，在南大洋发现的磷虾共有8种，分别是晶磷虾、近樱磷虾、大磷虾、三刺磷虾、瓦氏磷虾、长额磷虾、长臂樱磷虾、冷磷虾。人们之所以给磷虾起了一个个动听的名字，是因为它的身体在夜间能发出好看的粼粼荧光。体长6~8厘米的磷虾也有一个不雅的名字，人们看到它眼睛黑黑的，便叫它黑眼虾。

南极磷虾生存地点主要在南极圈外的南纬50°~60°之间，密集区多出现在陆坡、冰缘和不同水系的交换带。如接近中国南极长城站的大西洋区沿南设得兰群岛—海象岛—南奥克尼群岛—南乔治亚岛—南桑威奇群岛的凹形地带。此外，中国南极中山站以西属于印度洋区的毛德皇后地和肯普地外海，以及中山站以东属于印度洋区的玛丽皇后地和阿代丽地外海，也是磷虾的集中地。这些海域的水流有

---

*南大洋是南极地区常见的专有名词，为南纬60°以南的太平洋、大西洋和印度洋的总称，也称南极洋，面积达3800万平方千米。

一个特点，围绕南极大陆的寒流在向北流去时往下沉，而来自南大洋、大西洋和印度洋的温暖洋流南下时，遇到上述寒流成为上升流。而上升的温暖洋流中夹带着丰富的营养物质，经阳光照射加温，十分有利于水中微生物生长，如浮游植物中的硅藻类等。磷虾便以此为食，世世代代大量繁衍。

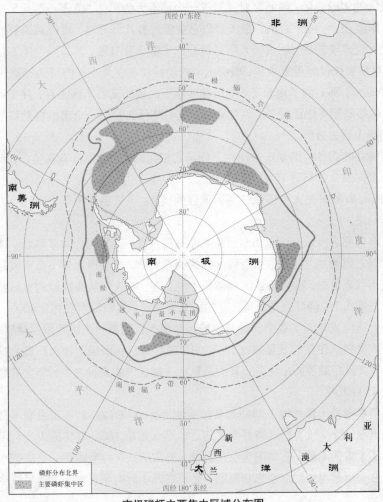

南极磷虾主要集中区域分布图

对于南极洲磷虾的数量，没有一个准确的定论。1977年有人说4450万吨，1981年有资料说1亿～4亿吨，1987年又有人估测说8亿～50亿吨，还有学者认为南极磷虾最多时可达75亿吨。一些研究人员认为，要搞清南极磷虾总的蕴藏量，需要两个太阳黑子周期年，即22年。实际考察表明，磷虾确有较大的年际变化。磷虾有时能聚成一个相当大的群体，范围可达几平方千米，厚度在5～10米之间。最大虾群总重量能有几百万吨。难以对磷虾数量做出比较准确的估计，说明人们对磷虾的了解十分有限。其有限性还不仅这些，科学家仅仅知道夏季里，表层水中的幼虾长度在几个月内可从35毫米长到45毫米。那么到了南极冬季，巨厚冰层下的磷虾又当怎样生存，就变得茫然。磷虾倘若冬眠还好说，若吃食物，它们吃什么？又一个南极自然科学之谜等待人们去破解。

磷虾的营养价值是很多动物不能与之相比的，它体内含有高蛋白。新鲜磷虾蛋白质含量高达16%，干磷虾蛋白质含量则达60%，是其他动物食品的2～3倍。有的研究人员还做过更为通俗的换算：十只磷虾相当于半斤牛肉的营养价值。

南极洲之所以有大量海兽、鱼类和海鸟存在，就是因为有了磷虾，磷虾可谓取之方便用之不竭。像蓝鲸这样的庞然大物，靠追捕几条小鱼来喂饱肚子是不可思议的，唯有吞食大群磷虾才能生存。有人曾从捕捉到的一只蓝鲸肚子里掏出1吨磷虾就是证明。有的研究者估计，蓝鲸每年要吞食4000万吨磷虾，这简直是天文数字。虽然蓝鲸、鳍鲸等巨无霸一次能吃掉巨量磷虾，但因人类捕鲸使鲸的数量锐减，它们的食磷虾量仅占南极动物食虾量的第三位。捕食磷虾最多的是海豹，其次是包括企鹅在内的南极鸟类，年食磷虾量约为4500万吨。

别看南极大量动物以磷虾为食维系着生存，别看磷虾的高蛋白是丰富无比的资源，但轮到人们以磷虾为食却远非那么简单。磷虾着实给人类利用它制造了太多的难题。它体内含有一种酶，异常活跃，导致磷虾一旦离开水很快就会变质甚至腐烂。要想利用它，必须在几小时内将其加工，或尽快冷冻到-20℃。另外，磷虾表皮汇集了很多氟化物，磷虾死后，这些对人体有害的化学物质会很快进入虾的肉体组织，导致人无法食用。显然，要捕到为人们所食用的磷虾，唯有争时间抢速度对其去皮与速冻才行。这不仅增加了工作量，对船体设备也提出了更高的要求。

考虑到磷虾集中的海域基本没有冰山，因此赴南极捕虾不需要特制的破冰船和抗冰船，只要拥有3000~4000吨的尾滑道单拖渔轮就可以了。对渔网的要求是：中层拖网，三层结构，内网网孔1毫米，外面有两层承重网。对虾群的侦察可用高频探鱼仪。在磷虾利用上，有关国家将其磨成磷虾酱或制成磷虾排供人食用，也有的国家用磷虾做成动物饲料出售。1980年，南极海洋生物资源保护条约通过时，全世界对南极磷虾的捕获量已达424821吨。仅在1989年—1990年就捕获南极磷虾374392吨。有的专家认为，如果往少估计，南极磷虾拥有10亿~20亿吨蕴藏量，每年1亿吨捕获量，不会破坏生态平衡。可见，现有磷虾捕获量还是有限的。在南大洋捕虾还有一个好处，此地是国际水域，不是哪个国家的专属经济区，谁捕到虾就是谁的，无国际争议可言。

磷虾还可作为医用。一种新的食品添加剂——磷虾粉，已在乌拉圭市场上销售。这是医学研究专家安赫尔·格里略的一项成果。他发现企鹅不患胆固醇血症，而企鹅又是以磷虾为食，于是对磷虾进行了为期7年的研究。当他分析磷虾类脂物时，发现里面含有一种脂肪酸，企鹅吃了后有助于血液畅流，从而消除了形成血栓的可能性。

说到最后，人们会问，磷虾好吃吗？曾经去过南极专门研究磷虾也吃过磷虾的中国科学院海洋研究所王荣研究员的回答是："好吃，鲜着呢！"

话说企鹅

南极的象征是企鹅，北极的象征是北极熊，这是人们的一个共识。"温文尔雅，憨态可掬"，很多人爱用这样的词汇形容企鹅，可见人们对企鹅有多么喜爱！

冰原上的企鹅

龟背石前的企鹅

化石是追溯生物历史的最有力证据。2002年西班牙《趣味》月刊文章称，最早的企鹅化石出现在距今3700万～4500万年的地层中，在澳大利亚、新西兰和南极都有发现。当时的企鹅就已具备了现在企鹅的特征：翅膀退化，不能飞行，擅长游泳。最大的企鹅化石身高1.82米。研究人员据此分析，远古时期，企鹅是由一种能够飞翔并擅长潜入水中的海鸟进化而来。当它飞行捕食时，可能受限于飞行速度和身体的灵活性，比不上其他鸟类，以至出现生存竞争，于是转入它捕食的一个长项——潜水觅食。久而久之，靠潜水为生的这种鸟儿，用于飞行的比较发达的翅膀逐渐弱化，变得更适于潜水。与时同时，身体也连带发生变化，羽毛变得丰厚，以利于在冰冷的海水中深潜。脚掌更为靠后，可灵活地在水中变换方向。现在看，企鹅先祖放弃飞行能力而选择潜水觅食，是一个相当不错的选择。正如一位名叫何塞·曼努埃尔·罗得里格斯的学者所说：

"海洋能给它们提供更多的食物,它们生活的海域是地球上食物最丰富的海域,它们自然会放弃飞行而学习游泳。"

别看企鹅行走时步履蹒跚,显得拙笨,当它在冰雪上行动时就自如多了。它伏下身去,两爪当浆,向前滑行,速度很快。在南极陆缘冰区积雪覆盖的冰原上,到处可见它们爬行时留下的纵横交错的痕迹,如同蚯蚓在平滑的泥地上爬过一般。入水后的企鹅更为自如,游泳时它用短小的双翼来推动自己,速度每小时可达40千米。它的脚掌在游泳时向后伸展,使它能灵活地变换方向来追逐鱼、乌贼等海洋动物。以帝企鹅为例,它可以潜到距海面255米的

企鹅换羽时很丑陋

深度,能在水下屏住呼吸5分钟。在这段时间里,它足可以获得它需要的食物。鉴于这一特点,人们断言它是鸟类的游泳冠军。

世间哪位探险家最早发现了企鹅? 有人认为是葡萄牙航海家瓦斯科·达·伽马。1497年,他在非洲最南端好望角航行中,在一处叫莫塞尔湾的地方发现了这种鸟类。他在日记中作了如下记述:"如同鸭子大小的鸟,但是不会飞,因为它们没有飞行的羽毛。"

企鹅为群居鸟类,实行一夫一妻制,一旦选中了自己的伴侣就终生不渝。雌雄企鹅只有繁殖季节才会生活在一起。在我们看来,企鹅的样子除了品种差异,大小有别,年龄相仿的同类企鹅长相是一样的。夫妻离开后,它们如何在千万只企鹅中认出自己的伴侣,这又是一个不解之谜。雌企鹅一般一次产两枚卵,由雄雌企鹅轮流孵化,孵化期为30~37天。最开始时是雌企鹅把卵交给雄企鹅孵化,自己远去大海觅食,十分艰苦。但雄企鹅也无幸福可言,要长期地忍着饥寒,细心地翻转孵化,以保证它受热均匀。待幼企鹅破壳而出,它已饿得瘦骨嶙峋,焦急地等着雌企鹅回来,它再去觅食。幼企鹅躲在

父母温暖的羽毛下，14～15个月才能长出丰满的羽毛，随着父母到海中学习捕食，最后独立生活。企鹅在育子过程中，苦与饿是次要的，一旦一方在觅食途中出现意外，如被海豹吃掉，就会演化为整个家庭的悲剧。

帝企鹅

如今已知的18种企鹅中，身材最高的是帝企鹅，为1.2米，体重约30千克。有报道称，2000年6月，一些科学家在阿根廷的内瓦多峰地区发现了一群帝企鹅，其中最高的达到1.7米。南极数量比较多的企鹅是阿德雷企鹅。探究这种企鹅的名字来源，是1840年法国探险家迪蒙·迪维尔来到南极，以其妻子的名字对这种企鹅作了命名，流传至今。阿德雷企鹅个子不高，仅有70多厘米，喙根长有羽毛，常常"嘎嘎"地叫着。

不少从南极回来的中国考察队员说，他们在南极最大的乐趣莫过于与企鹅相伴。镶嵌着黑色大理石板并刻有"中山站"字样的用于测绘的大地原点碑，处于中山站区右前方的山顶上。站在这里，能够俯视站区全貌，因此成为拍摄考察站的最佳地点。中山站建成后的一天，突然有近百只企鹅拉成30多米长的队伍从海边向大地原点碑走去。队员们看到是拍摄的好机会，便跟了过去。它们不慌不忙地在山坡上行进，使得一些性子急的队员有点不耐烦，想把它们快点赶到碑前，以将其纳入镜头。当有人驱赶企鹅时，引起断后的一只肥大企鹅的反感，它索性转过身来，荡桨一样摇动翅膀，"嘎嘎"地叫着，好像在抗议！这时，前面的企鹅也停下不走了，不知是看热闹还是配合断后企鹅的行动。"别赶了，拉斯曼丘陵上的企鹅都是属牛的，犟劲十足。让它们自已慢慢行动吧！"有人喊道。十多分钟后，这群给队员们带来无限喜悦的企鹅聚集在大地原点碑下，好奇地眺望中山站。站上的队友看到企鹅集中在

企鹅来到站区

大地原点碑，又有人在企鹅群中频频举起相机，也觉得这是不可多得的时机，拎着相机赶紧往山上跑。但企鹅可不迁就这些队员，来了一个晚者不候，在头企鹅的带领下，大摇大摆地奔下山，向冰海走去，令迟到者不胜惋惜。企鹅有时还钻进考察队员的帐篷，装模作样地"背着手"这走走，那看看，好像懂得什么似的。队员们怕它们往被褥上拉屎，想赶走它，往往是越赶越不走，可见其脾性真的很犟。还有那可笑的痴劲，没有别的什么动物比得上。一次，有位队员海边见到一个颇像鸟的石头。又看到三只企鹅在附近，便萌生使两者构成一幅"企鹅石鸟共存图"的想法。待把企鹅轰到石鸟头下，作了有效拍摄，就返回站上吃午饭。两个多小时后回来一看，这三个呆子仍立在原处。

翻开企鹅的家族史，也充满辛酸和血泪。从1895年到1919年，西方一些自称文明的人，来到企鹅祖居的南极大肆捕杀它们。有人把活的企鹅提起，扔在开水锅里，目的是提取每只企鹅身上的半升油脂。还有一个国家的南极考察队，他们从1901年—1903年乘船在南极冰区考察时，其中有12个月烧锅炉不用煤也不用油，而是用企鹅。他们由此获得了一个"伟大"的发现：企鹅很好烧，扔在炉膛里火焰熊熊。西方人虐杀企鹅的卑劣行径在南极上演了25年，期间约有700万只企鹅遇难。

十多年前，又因为人们的行为不当，居然造成7000多只企鹅死亡在麦夸里岛。麦夸里岛位于南大洋中，位于澳大利亚霍巴特东南方1500千米远的地方，岛上设有澳大利亚南极考察站。在这个平均温度超过0℃的具有海洋性气候特点的岛上，生存着约25000只王企鹅，因此成为世界上最大的鸟群之一。王企鹅高约 1.1 米，是企鹅家族中身高仅次于帝企鹅的种类。王企鹅同帝企鹅一样，胸部饰有淡黄色的羽毛，看上去充满贵族气。谁也说不清王企鹅在麦夸里岛繁殖了多少代，但有一点是可以肯定的，它们是麦夸里岛的主人。发现大量王企鹅死亡的时间是 1990 年 6 月 11 日。宾斯作为澳大利亚麦夸里岛南极考察站 16 名越冬队员之一，走到麦夸里岛的南端卢西蒂尼亚湾，突然见到这里企鹅尸横一片，到处叠压着王企鹅幼雏和一些成年企鹅的尸体，估算一下，竟有7000 多只。如此多的企鹅突然死亡，称得上 20 世纪末最大的鸟难。有关人员对这些企鹅的死亡作了初步的判

两只王企鹅

断，认为可能是因为惊吓，造成企鹅乱窜，跌倒后互压窒息而死。

谁是造成了麦夸里岛大量企鹅死亡的元凶？ C—130 运输机组曾为岛上考察站补给做过飞行。但相关机组人员否认是他们致祸，声称他们飞行时看到地面企鹅"未因飞机飞行而产生不安的迹象"。最后，澳大利亚塔斯马尼亚公园、野生动物和遗产部部长朱迪·杰克逊女士对 7000 多只企鹅死亡提出一份报告，认为"持续严重干扰很可能是造成这种乱窜的原因。大型飞机的低空飞行，与这样持续干扰是一致的"。她虽然没有指认是哪架飞机干的，但飞行造成大量企鹅死亡，则用不着怀疑。

在这件事上我们不能苛求澳大利亚 C—130 运输机，哪国碰到这种有失尊严的造成生灵涂炭的事件都不会老老实实承认，倒霉的只有企鹅。美国环境保护基金会的小布鲁斯·S·曼海姆，就对美国国家科学基金会无视美国旅游直升机每次着陆时，都使企鹅惊骇而四散逃开的后果提出批评。看来，

飞机惊骇企鹅并造成企鹅死伤的事情，在南极曾多次发生。

1961年生效的《南极条约》规定：包括企鹅在内的很多南极动物受到保护。国际南极旅游经营者协会拟定的旅游"指南"文本中也有类似的文字，该协会要求旅游者与毛皮海狮之间至少要保持15米的距离，与企鹅、繁殖鸟类间要保持4.5米的距离。总的来说，国际社会对企鹅采取的保护措施是有力的，企鹅若有知，会感谢人类社会文明的发展。

企鹅大量死亡也有自然原因。2002年1月13日，来自新西兰官方政府报告中称：约有13万只南极幼企鹅正在饥饿中，其中上万只会因此死去。究其原因是南极大陆冰盖脱裂所致。2000年3月，罗斯岛有两座巨大冰山发生断裂，改变了企鹅到大海觅食的捷径。为了捕食，成年企鹅不得不绕行多走50千米的路。科学家说，以企鹅每小时行走1千米计算，企鹅妈妈要多花两天时间才能给孩子喂一次食。不仅如此，延长的路途也消耗了成年企鹅体力，以及带回的食物。当他们返回企鹅群，用以喂养企鹅宝宝的食物已很有限。科学家们说，忍饥挨饿的小企鹅是2001年11—12月间出生，根本没有独自生活能力。受其影响，幼企鹅存活率预计下降30%。

企鹅序列

鲸在剧减

世间诸多动物中，没有比鲸更为庞大的。鲸中最大的要算蓝鲸，长达30米，体重为150吨，它食量巨大，每天可吃掉3吨磷虾。次重量级为鳍鲸，最长达到24米，重为70吨。排在第三位的是巨头鲸，长为20米，重约50吨。露脊鲸、座头鲸、逆戟鲸、貂鲸、抹香鲸、虎鲸等也都个头不小。按现代生物分类学，鲸可分为两个亚目，其中须鲸目有十几种，齿鲸目也有十几种，可见鲸的家族种类繁多。

南极鲸和非洲大象相比较

人类对南极的探险考察，固然促进了对南极的认识，但在一定程度上也给南极带来负面影响。鲸在南极的明显减少就是一例。二十世纪三四十年代是鲸的灾难期，每年在南大洋捕杀的鲸高达30万～50万头之多。仅1937年，就在南极辐合带以

鲸骨

捕鲸炮

剥离鲸体

南捕获45000头鲸。过度的捕杀，造成南大洋鲸类剧减，统计表明，现在蓝鲸的数量不到原来的5%，座头鲸只有原来的3%，鳍鲸大约为原来的20%。

鲸为什么会招致此惨祸？主要是鲸的实用价值，它的全身都是宝。鲸油是一种高级润滑剂，鲸肉除了人可以食用，亦可用作牲畜饲料。鲸被大量捕杀不仅仅是鲸的惨剧，也造成南大洋生物链的失调。有的生物学家认为，这些年磷虾过度繁殖，南大洋好多地方成了"虾粥"，就是因为以磷虾为食的鲸减少了。为维护正常的生态环境，保护鲸类资源，1972年，在联合国人类环境会议上，100多个国家通过了一个决议案，呼吁全世界暂停捕鲸，但遭到极少数国家的强烈反对。现在，世界上只有日本等二三个国家，不顾众多国家和世界绿色和平组织的反对，还在南大洋肆意捕鲸。

· 小资料 ·

2006年2月15日奥地利《标准报》报道说，目前，日本捕鲸船捕获的鲸肉供应充足，以至于部分鲸肉被制成狗粮出售。鲸与海豚保护协会的科学部主席马克·西蒙兹说："一家日本公司宣称鲸肉是既健康又安全的狗粮。"在环保人士眼中，日本捕鲸船本来就臭名昭著，因为日本政府一直声称捕鲸仅出于科研目的，尽管遭到了各方的抗议，日本今年的鲸肉储量仍将增加1700吨。在日本，鲸肉目前被作为特别可口的食物供应给中小学生。据悉去年有4800吨鲸肉储存在日本。

鲸戏海豹

相对而言，我国公众对鲸是陌生的。其中的原因之一是，尽管我国有18000千米的大陆海岸线，却很少有鲸"擦边"游弋，使得国人对这些庞然大物的印象，只能散见于电视里播放的欧洲某海滩鲸的集体自杀，或南美某沿海国家几位善良人士对搁浅鲸的救助。到了南极后则另当别论，因为它们经常出现在考察船的周围。

1989年1月的一天，我国南极考察队员乘船航行到普利兹湾，即南纬68°的一片海域。这里的一块块浮冰如同排球场大小，比较疏散，大致占海面30%左右，间或有冰山浮动着。清澈的几乎凝住不动的大海如同一面明镜，收纳了冰山的巍巍倒影。倒映在海中的冰山不再洁白如玉，而是淡蓝淡蓝，看上去如同一块双色糕。正当考察队员为冰山倒影的美丽与壮观陶醉时，随着抗冰船的前行，一组鲸威胁海豹的场面吸引了考察队员。距抗冰船左舷30多米远的地方，漂着一块有两张乒乓球台合起来一样大的浮冰，上面躺着一只灌肠般浑圆的大海豹。以往，浮冰上的海豹，总是死气沉沉地闭着眼睛昏睡，既便有人扔块石子打在它的身上，也不过扭头看一下又睡去了。而这只海豹的神态十分反常，吃惊地不停环顾左右。突然，一个黑乎乎的东西从海豹所卧浮冰的边缘窜出海面，先是呈A字型，待继续升高，才发现是一头巨鲸的头部，回落时搅得海水激荡。还未等队员们弄清这突如其来的场面意味着什么，浮冰左右两侧又有两头鲸击破水面同时上升，瞬间沉入海中。从海豹惊恐不安的神情判断，它们之间不是在进行一场游戏。

随船的一位海洋生物学家认识这种鲸，告诉队友们它叫虎鲸，是鲸中比较残暴的一种，即便人流落到浮冰上也容易受到攻击。他举例说，早期来南极考察的探险者，当所乘木制考察船被流冰撞碎，人不得不转移到冰面求生时，有人就遭到虎鲸的类似攻击。1911年，英国著名探险家斯科特在他悲剧性的南极探险中，曾把两只狗放在了浮冰上，想不到竟招来了7头鲸。它们视狗为猎物，围着浮冰转来转去。一位叫庞尼廷的摄影师见此情景，跑到浮冰上去拍照，更引得鲸垂涎三尺，轮番冲撞浮冰，吓得他赶紧拉上狗逃之夭夭。这位生物学家接着说，这两个家伙窜出水面是为了识别和恐吓猎物，胆小的猎物如果慌里慌张弃冰逃生，会立即为鲸所吞食。海豹固守在浮水上，等待它的也未必是一条生路。如果虎鲸饥肠辘辘，急需猎物填充肚子，它会在水下用油滑滑的脊部向上一顶，浮冰就会倾斜翻转，

游弋的鲸

猎物自然落入水中。鲸和海豹之间会相安无事，各走各的路吗？这位生物学家认为，两头虎鲸围猎一只海豹，不大可能善罢甘休。

有人说，鲸是聪明的，有着很强的记忆力。也有研究者指出，鲸是结群的，总是保持着家庭亲善关系。中国南极考察队员还发现，鲸的行动极为敏捷。有一次，他们换乘前苏联"维塔斯·白令"号破冰船。面对海面上出现的荷叶冰、冰丘、叠冰，"维塔斯·白令"号破冰船毫不把这些浮冰放在眼里，加大马力，疯狂地向前猛冲，以至连卡车大小的冰丘也不避让。这时，三头鲸也来凑热闹，不！更确切地说，它们在做着危险的游戏，利用浮冰间隙，在船前忽上忽下地跃行。它们宽大的脊部，如同抛光后的黑色大理石，不断起伏在冰海之中。如果鲸运动稍慢一点，或撞在那一块浮冰上有所停顿，飞快航行的船头就会将它破腹。真让人担心。然而，这些看上去笨拙的庞然大物，竟能灵巧地利用冰隙扎入钻出，始终与船头保持着30多米的距离。

从海豹说开去

笔者在前面先后提及众多南极动物的基础性食物——磷虾，占南极鸟类数量90%的——企鹅，还有南极的庞然大物——鲸，其他南极动物如海豹、贼鸥等也不能忽略，它们都是南极生物链中不可缺少的。

海豹是南极大宗动物，有6种，如象海豹、威德尔海豹、锯齿海豹等，共约3200万只。其中锯齿海豹数量最多，约为3000万只。以个头而论，象海豹最大，称得上是海豹之王。它最长达6米，体重约6000千克。海豹的前肢为鳍状，后肢为桨状，这使得它们在海中游动时，自如得像个精灵。它们用大部分时间懒散地晒太阳，饿了便潜入海中觅食。因为海豹的毛、皮、肉和油脂具有很高的经济价值，这

海豹

使得它们在18世纪70年代以后遭到空前的劫难，致使海豹濒临灭绝。历史纪录表明，在南乔治亚岛，1780年—1830年间和1860年—1880年间，一些欧美探险家出于商业目的，约捕杀了120万只毛海豹。其中如英国的海豹捕猎者威廉·史密斯、美国海豹捕猎者纳撒尼尔·帕尔默等。为了挽救这个物种，南极条约组织协商国签署了《保护南极海豹公约》，于1978年3月生效。从此，虐杀海豹的惨剧才告终。

万不可把南极动物都看得那么亲善，其中也有凶猛之辈，如动作敏捷的海狼。海狼学名叫南极毛海狮，属于南极鳍足类海兽。它的胡须较长，前后鳍足能支撑身体站立，体形似狼，比海豹凶狠，一位中国考察队员就领教过。

一天，这位中国考察队员在长城站西边山上搞测量，忽然听到有人高喊："海狼！海狼！"这位队员转眼一看，只见站区北面的海滩上，一条像大狗似的海狼直立起来，顺着浅水河，向海中奔去。为了给这家伙录像，他一方面试图拦住它，一面叫人去取录像机。他顺手操了一根木棒，迎头拦住海狼。这位考察队员万万没有想到，海狼见到受阻，没有丝毫的停顿和迟疑，调转方向，朝他张开血盆大口，龇着锋利的牙齿，"呜"地一声扑来，咬住木棒。这个事实告诉我们，不要以为南极动物都像企鹅那样憨厚，像海豹那样慵懒，像贼鸥那样因为馋嘴常常围在人的左右，海狼就是一种远非友善的家伙。

南极鸟类有40多种，如海燕、信天翁、尖嘴鸽子、贼鸥等。北极燕鸥最为出色，被誉为世界上最优秀的"空中旅行家"。偌大的地球上，它是唯一在南北极之间跨越的动物。每年6月，它们在北极产卵、育雏。两个月后，北极寒季到来，它们便"携妻带子"长途迁徙，南飞1万多千米，于12月末到达南极，在冰原上继续生活。当南极暖季快要结束时，又返回北极旧居。北极燕鸥南北两极往返一次里程是多少呢？居然是35000千米！

在拉斯曼丘陵，常见的鸟儿有四种：憨态可掬的企鹅、死皮赖脸的贼鸥、黑如煤炭的暴风海燕、洁白如玉的雪海燕。就像世界上任何地方都有弱肉强食一样，南极鸟儿之间并不和平相处。漫步在南极拉斯曼丘陵，常常可以看到雪白的鸟翼，在风的吹动下滚来滚去，这是雪海燕的残骸。雪海燕也非无能之辈。在中山站附近山崖中部一块大岩石下，就有一个直径约20厘米的雪海燕洞穴。它飞进洞时，总是从百米之外就往里俯冲，接近洞口也不减速，猛地扎进去，让人担心它会因此而撞死。可观察者接近洞口再看它时，它已转过身子，用两只圆圆的小眼睛安然地望着考察队员。一位海洋生物学家认为，这是雪海燕为保护自己避免在洞口被截获而练就的特殊本领。

贼鸥是南极考察队员比较熟悉的。贼鸥长着咖啡色羽毛，上面布着数不清的黑色麻点。初一看，其貌不扬。可是，当它展开又宽又长的双翼，立即变得漂亮了。白黄色的羽毛从它翅膀的根部一直排列到羽翼末端，不知是为了平稳降落的需要，还是有意展示它那美丽的双翼，落下时，总是长时间地

贼鸥

不收拢翅膀，看上去就像一只大蝴蝶。为了觅食，它们几乎天天围着考察队员转悠。特别是队员们开饭时，它们就像村里馋嘴的鸡群，不管扔一块什么食物，都会抢着叼走。贼鸥的喙有点类似鹰，脚上有蹼，翅膀宽且长，这有利于飞行。它生性残忍，常常偷食海燕和企鹅的蛋及幼雏，或以病弱的海豹为生。

贼鸥的贼像，早在1984年中国进军南极乔治王岛建立长城站时就已被证实。有的队员就曾拍摄下它落在一个箱子上偷鸡蛋，并成功地将鸡蛋衔在嘴里的形象。在中山站，它的表现同样如此。队员们把从国内带来的整箱的肉，埋在雪堆里贮存起来以备后用，它们就贼性十足地整天围着这个雪堆飞转。

·小资料·

20世纪80年代末的一天，有位考察队员拎着相机离站去远山拍照，考察队养的一条小黑狗主动随行，围着主人跑前跑后。兴之所至，主人顺手拾起一块石头使劲扔了出去。黑狗支着双耳，眼睛瞄着飞动的石头，撒腿追了过去。不巧，扔出的石头正好落在贼鸥聚居的山坡上，小黑狗跑到那里，还未等它得意地扭头看一眼主人，十多只贼鸥腾空而起，展开宽达近1米的双翼，轮番朝小黑狗俯冲。贼鸥可不是虚张声势，吓唬吓唬这位不速之客，而是在俯冲的瞬间用翅膀的端部猛地拍击小狗。小黑狗开始还算沉着，被击中屁股后，马上坐立起来，吃惊地望着旋飞而去的大鸟。这时，另一只从背后凌空袭来的贼鸥，又猛地拍击了它的后脑勺。黑狗慌了，不知怎样对付群敌。显然它是被贼鸥凌厉攻势吓破了胆，竟然夹着尾巴向站区落荒而逃。贼鸥哪里会放过它，快速扇动翅膀，超低空追了过去，堵住黑狗的去路迎头痛击。若不是有主人赶忙救助，搞不好它真的会丧命。

幼鸟

　　南极鸟儿的生存条件十分恶劣，连幼鸟也要栖身在冰冷的石洞里。走在山岩上，常能听到"咕咕"声，这是鸟儿幼雏发出的警告声，提醒人们不要靠近它。实际上，这是完全愚蠢的鸣叫，正好暴露了自己，只要顺着声音找去，很快可以发现它。小鸟警惕地蹲在石洞里面，有的队员伸手够它，对接近的手，它一口一口地吐出气味难闻的红色粘液。

　　在南极辐合带，纪录在案的鱼类有几百种。

　　最后提一下南极其他生物。南极海冰区域是一个相对独立的生命小天地，由于单细胞海藻大量生存在这里，将海染成黄褐色。这里还有轮虫、孔虫、圆虫、甲壳动物等。冰隙中还有一种小鱼，它们靠食用附着在流冰上的微小有机质生存。其实这里的生存条件非常恶劣，高盐、低温，这些生物竟然能够存活，不知上帝赋予了它们何种独特的基因。

不知名的软体动物

极夜下的生活

如果说人类首次在南极实现越冬是19世纪末,中国考察队在南极越冬则始于1985年。在南极越冬,就意味着见不到太阳,日日与星光相伴,还有格外的无助、孤寂以及对祖国和亲人的思念。出于连续考察的需要,必要的科考项目不管遇到怎样的困难,也要坚持。因此,在南极越冬的考察队员时时面临着身体与意志的双重考验。

1985年4月4日,以队长颜其德为首的8名中国首次南极越冬考察队抵达乔治王岛,进驻长城站。计划越冬期间实施观测冰雪、湖泊、地磁和生态环境的变异等科考项目。就在到达当晚,气象观测工作便开始了。5月中至8月末,南极的冬日。上午十点才露面的阳光,午后二时许便悄悄隐退了。越冬队绘制的气象图标出了最大风速、最低温度和积雪厚度。狂风裹卷起地面的积雪,有如荒漠上的飞沙走石,也像黄河水奔腾呼啸。这是南极特有的"地吹雪"。大量的科学考察工作,便是在上述境况下完成的。越冬者为中国南极考察史记载了可靠的第一手资料。他们发现,夏季岛上的12种鸟类严冬时飞离了10种。企鹅也迈着绅士般的步伐向北迁徙,"留守"的只有巨海燕和海鸥。而后又飞来了白色雪燕,它的到来使乔治王岛越冬的鸟类增至3种。三十几只海豹先后到了长城站前,有的还在这里生儿育女。海狼群也来这里"作客",其中一只呈金黄色,是罕见的品种。

中山站里的中山纪念室

坚定的信念,使越冬者形成一个团结融洽的集体。几十个南极的"极夜",终日不见阳光,然而精神的力量使队员们抵御住了一切恶劣气候的袭击。一次连续7天的暴风雪,岛上每秒风速达38.2米。队员们坐在站房的通道里,听飓风吼叫着。他们遥念祖国,平日不公之于众的亲

中山站餐厅

人信件现在成了大家共有的精神"财富"。颜其德说,乐观与奋发,始终是中国越冬队员生活的主调。惊险的考察活动之余,便是富有情趣的生活。队里拟定了课程表,学习外语、气象学、医学、摄影、电器常识等等。风雪稍停,有的队员就在月光下跑步,有的在室内坚持乒乓球、哑铃和拉力器的锻炼。南极条约协商国派出检查组的一位官员,于1985年11月21日对长城站进行了全面考察后,对中国南极越冬队的考察成绩表示赞赏。在地球上最后一块未经开发的大陆上度过8个月的极夜探险生活之后,颜其德等向祖国递交了一批重要科技成果,也收获了思想成果——与自然较量中所体现的不屈的精神风貌。

冒雪施工

中国南极中山站建成后,首批越冬队以高钦泉为队长。1989年3月底,创建中山站的多数队员与留站的越冬队员挥泪分别之后,为抗御冬季必然要到来的暴风雪,越冬队队长高钦泉带领队员抓紧加固站房,并在站区拉起粗粗的安全绳,以备室外队员突遇暴风雪时有东西可抓,免遭不测。极夜之前,队员们已几次看到暴风雪的凶恶,它从中山站对面的冰盖上扫来时,挟着雪尘,白烟滚滚,还响着恐怖的嘶鸣声,因此队员都叫它"白毛风"。细心的高钦泉队长做过统计,1989年8月份,有24天刮着6级以上的大风。9月份,12级以上的暴风就有6次,风速在每秒39米以上。其中最大风速为每秒43.66米。有一次,竟把几百公斤重的钢板掀到西海湾。同高队长一起越冬的随队医生肖卫群说,

"白毛风"有时一刮就是两三天，噪声烈、忧安全，长夜漫漫实难眠。

1991年，贾根整率队置身于南极大陆中山站越冬。极夜之初，他看到天天生活在灯光下的队员们情绪烦燥，认为主要是因作息不规律所致，就"官僚主义"地指定什么时间是"白天"，"白天"积极安排工作、学习和娱乐，不到"夜"里不能上床睡眠。实施了一段时间之后，生活有了规律，队员们的情绪稳定下来。

极夜还未结束，随队医生商新宇就提醒贾队长，极夜之后，当务之急是赶紧调剂队员的精神生活，并建议让队友们到距中山站28千米的企鹅岛散散心，那里有几万只身高一米余、洁白的胸脯上方点缀着金色羽饰的帝企鹅。贾队长同意了。为了队友的安全，贾根整同两位队员先骑着雪地摩托，察看外出队员要经过的海上冰面是否结实，有没有大的裂隙，当他认为无问题时，确定了第二天企鹅岛之行的13名队员名单。翌日，吃过早饭，贾队长送走了队友，嘱咐他们一定要注意安全。回到办公室，正当他静候队员安全归来的佳音时，忽见神色紧张的队员们，竟把胡安全抬了回来。此时胡安全昏迷不醒，贾队长赶紧组织抢救。事情是怎么发生的呢？后来队员们是乘卡车去的，当卡车在开阔的冰面上飞驰时，极夜中憋了几个月的队员们觉得太开心啦，乐得人人合不上嘴。这时，司机发现前方有一条横向的略为隆起的冰脊。也未提醒车上的队友要注意安全，便加大油门飞速冲了过去。车到冰脊"嘭"地一蹦，把坐在车后部的胡安全颠了下来。好在他戴了安全帽，未受致命伤。医生精心护理了一段时间后，胡安全便恢复了健康。

贾根整认为，极夜中，考察站生活安排得再好，也排解不了队员对祖国对亲人的思念。1991年11月，当年第一艘澳大利亚船开到了澳大利亚戴维斯站，热心的戴维斯站女站长、38岁的埃里森女士，专程乘直升机把随船寄来的中方队员亲属的信件送到中山站。信一到队员手里，队员便都藏身到自己的房间读信去了。"精神食粮看来也能充饥，午饭竟没有一人来吃，餐厅里空空的。"陪同埃里森女士的贾队长觉得冷落了客人，如是说。

埃里森站长毫不奇怪地耸耸肩，对贾根整说："戴维斯站的队员也是这

样，极夜过后，精神饥渴至极，一看到家信，就不知道世界上还有天和地。"当天，随队从事心理学研究的一位北京大学副教授，量了中山站每个人的血压，队员因收信后心潮澎湃，血压全部高于往日。

"这是一般的夜不能与之相比的"。1993年，正在中国南极中山站担任越冬队队长的汤妙昌，在打给国内的电话中说。中山站的夜太长，有50多天，迫得队员们只好日日与星光为伴。他怀念起极昼，极昼时给队员带来乐趣的懒散的海豹、憨态可掬的企鹅、凌空竞翔的海燕、嬉游戏水的巨鲸，全被无情的极夜黑幕隐去。

极夜也有让人高兴的事，期间最让队友们满意的是多次看到绚丽多彩的南极光。汤妙昌描绘道，这种来自磁层或太阳的高能带电粒子撞入极地高层大气所激发的光，在墨色的天幕上，经常以均匀光弧、射线式光柱等几何图形出现，或飘逸，或翻卷，或倏然逝去。红的、绿的、紫的，看也看不够，南极光开始出现那几天，撩拨得队员觉都睡不好，因为它太让人陶醉了。回顾极夜生活，汤妙昌说他们越冬期遇到的最大风力为每秒40.9米，最低气温为 $-36.5℃$。尽管极夜中难以开展工作，但队员们仍较好地

盼来天亮

进行了气象观测、高空物理观测和海冰取样等。为驱走极夜中的寂寞和无聊，他们积极开展科普讲座、摄影、绘画等兴趣讲座。特别在欢庆仲冬节的6月21日，队里举行了烛光舞会，大家唱啊，跳啊，人人尽兴。

岂止酷寒

环顾全球，世界上最冷的地方在那里？回答是南极。1983年7月，研究人员在俄罗斯东方站曾测得−89.2℃的低温。还有数据可以佐证：南极的平均气温为−25℃，比北极还低12℃。南极高原内部的平均气温为−55℃，沿海地区的平均气温也只有−17℃。南极的寒冷是有规律可循的，大致是随着南极大陆地势从海岸向内陆逐步升高而气温降低，因而内陆变得更加寒冷。南极大陆那万年不融的冰盖实际上是无比寒冷的"冷源"，它不仅影响了南极洲的温度，也对调节全球气候起到不可忽视的作用。有人就做过这样的比喻，称南极冰盖是人类最大的天然"空调"。

气象专家陆龙骅测风速

过度的严寒是可怕的，会直接影响人的生存。在正常的情况下，人体从呼吸器官排出的热量要小于人体器官排出总热量的1%。但在南极大陆中部地

中山站气象观测站

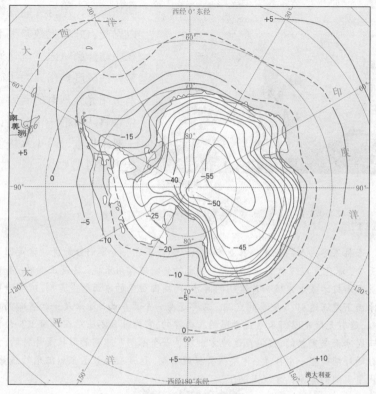

南极洲年平均气温图

区，几乎是50%。可见在酷寒中保护呼吸器官是一个非常实际的问题。如果不戴较厚的口罩或戴遮着口鼻的头套，直接将酷冷空气吸入，就会严重损伤肺部。为了解决这个问题，研究人员设计了一个头盔，里面加上散热装置，使头部呼吸范围保持在20℃～22℃之间，供酷寒下工作的南极考察队员使用。

有一点不能不强调，南极寒冷是相对的，就是说南极也有热。到了南极夏季，炽烈的阳光一天就能改变考察队员的面色，一个个肤色如炭，如同来自非洲的黑人朋友。脱光衣服晒晒太阳可不可以呢？回答是肯定的。只要没有风，短时间晒晒太阳，肌肤舒适得令人心醉。但日光浴超过半小时，夜里

南极日光浴

躺在床上，浑身会痛痒得难以忍受，好像无数条毛毛虫在爬动。随队医生说这属于紫外线轻度灼伤。为了确认南极阳光强烈时的温度，有位考察队员把一个温度计置于船甲板上，只见水银柱竟然上升到 32℃。

·小资料·

每临寒冬，人们所穿棉衣基本为灰、黑等深色。专家们分析说，这是因为冬天冷，深色可以吸收更多的热量。从光的热物理作用来说，这是正确的。有位队员在南极冰盖上发现一片透明的薄冰，同周围白色的冰面形成差别。玻璃一般的冰面下是深达 40 多厘米的空洞，底部还有一个黑东西，原来是一只破旧的鹿皮鞋。这鞋无疑是以前来冰盖考察的人扔掉的。它为什么不冻结在冰面上？为什么四周冰面是完整的，偏偏在这地方出现了一个冰洞？冰洞的形状是奇特的，竟同鞋的外缘造型一个样子。考察队员据此推测，这是鞋吸收了强烈阳光的热量，融化了周围的坚冰，才沉至洞下。

南极风暴发威时十分吓人。有的文章举例说，有一年，澳大利亚凯西站遇到强风，风魔竟将一个装满柴油的油桶卷起抛向远方。中国考察队员对此也频频领教。前往中山站的考察队员登陆拉斯曼丘陵第一天的任务之一就是当"夜"要搭建起三顶帐篷。没想到，这天风格外大。构架帐篷钢铁骨架还算容易，待往上披挂篷布时，在强风的作用下，篷布就像难以降服的烈马，剧烈地挣扎着，呼呼啦啦咆哮着，想从队员手中挣脱掉。每一次他们都要拼死拼活地拉着它，才能将其固定。有时为栓好一个篷布角，往往需要三个大汉倾全力按着。帐篷搭完，竟用了 5 个多小时。

强风中直升机在作业

雪尘在强风中滚动

　　建站初期，队员们住进了拼装式简易木板房。房内一切都是简易的，无床可言，所有队友均睡地铺。每当深"夜"，从冰盖方向刮来的狂风怒号不止。开始听到"唰唰唰"一阵巨响，这是被风吹起的细砂扑打在房子上。接着便是"咚咚"的响声，大风抛起的石块又砸在墙板上。简易房的墙板是空心的，里外层为五合板，中间由瓦楞纸板支撑，小石块打在上面，如同播动的战鼓"咚咚"作响，闹得一些队员心脏狂跳不止。每天早上起来，队员到房外所要做的第一件事，是紧固简易房的每一根锚绳，防止夜里强风骤起，房子被吹飞。

　　也有的队员住在还没有组装到钢梁上的集装房里。这座集装房自船上卸到中山站工地后，一直孤零零地扔在靠近海边的沙滩上。由于箱底下是一堆乱石头，房子略有倾斜。还算不错，房门的朝向是中山站的主楼，要是作180°方位调换，门对着大风狂吹的冰盖，风大时，门都难以推开。如同不少集装箱房一样，里面有桌子也有床，这在国内就已配置好。房内没有任何取暖设备，冷得如同广寒宫。大风同样让睡在这里的考察队员不得安宁。狂风呼啸的一天夜里，他们睡到半夜，忽然觉得房子在摇动，人好像在小船中荡来荡去。开始以为在做梦，醒后定定神，发现房子确实在摇晃。他们判定，是房子下面石块出现松动，集装箱底部悬空，才导致这种情况的出现。集装箱的下风向是小山坡,如果集装箱继续摇晃,底部石头滑动散开,只要达到一定的悬空度,集装箱势必躺倒在山坡上。室内的床也会随之立起,房内一切都会乱了套,还睡什么觉! 为了避免房子倒下,他们穿好衣服,冲了出去。风又大又冷,他们弯着腰,借着月辉,寻找

作者在悬空冰下避风

房屋悬空的地方。找到了,果然有多块石头塌陷。为了解决这个问题,他们在附近找了一块近2米长、20多厘米厚的木板垫在下面,才稳定了集装箱。第二天,队领导知道他们顶风垫房的行动后,批评他们根本不应出来,说这么大的风很容易把人卷走,而集装箱不管倒向那一侧,人在里面都不会发生危险。队员们细心思忖,领导批评是对的——狂风怒吼的情况下,一旦遇险,喊"救命"其他队友们都听不到,那才真是难有活路。

南极也有脏乱差

地球上还有干净的地方吗？比如像南极这样人迹罕至的地区。这里所说的干净，系指没有受到人类生活与生产污染的地方，完全处于一种纯净的自然状态。人类居住的各大洲，相关国际组织和政府制定了各种法规，以及采用各种环保技术对环境加以保护，虽然取得了一定成效，但污染事例仍然天天在发生。当人们发现污染已经危及自身生存的时候，便决心去治理，一个意味深长的口号便是"可持续发展"。环境保护和环境治理之所以越来越受到重视，就是因为污染已经给人类的健康和生物资源造成危害。从某种意义上说，像南极洲这样的极端地区，它的污染状况很能反映全球的环境水平。那么，南极的环境究竟是怎样的呢？

十多年前，国际绿色和平组织成员就环境问题对南极一些国家的考察站进行了探访，然后写出报告，直言不讳地指出问题所在。就此，我们仅就这个组织在报告中对两个老考察站——美国麦克默多站和苏联别林斯高晋站提出的问题作些摘要，从中可以看到：有些南极考察站本身就是一个污染源，南极也有脏乱差。

■ 麦克默多站

"由于站区周围山坡和道路上没有积雪覆盖，因而爆炸、碾轧、修路的痕迹清楚可见。该站承认他们在修路时使用了炉渣。站长先生说对此他们将采取措施把对山地业已造成的破坏进行补救。"

"到达者高地是从麦站容易步行去的唯一保护区。然而，绿色和平组织在问卷调查中发现，站上许多考察队员根本不知道他们的站区附近还有特别科学兴趣区，而那些意识到有该保护区存在的人中，大多数都不了解到达者高地。"

"通往威廉斯地的老油路管道上曾发生漏油事故，但迄今尚未对此处理，因而能闻到浓浓的油味。据称，有关其清理工作尚未有人考虑。"

"现在所有焚烧行为都应当停止。绿色和平组织反对焚烧，建议所有带往南极洲的物质应当运回国内进行适当处理。"

■ 别林斯高晋站

在绿色和平组织眼中，别林斯高晋站的环保问题多如牛毛。"报告"对这个站环保工作值得肯定的东西提得极少。别林斯高晋站是苏联以19世纪初南极探险英雄别林斯高晋的名字命名的。站区内，在1平方千米范围内，竖立着17座建筑，其中大部分是20世纪初留下的木制房。"报告"例举了这个站的一系列环保问题。

"别林斯高晋站前途莫测，正如整个苏联南极计划一样。站上的队员说，青年站和俄罗斯站正被关闭，苏联的南极洲工作正在裁减。……总的来说，别林斯高晋站破烂、难堪。"

"别林斯高晋站对周围环境有着重大影响。最大的污染源包括污水、风吹物、露天焚烧，有害物资在陆地倾倒，以及油料漏泄。站上产生的废物大部分或在站区倒掉，或公开烧掉。可燃物定义为那些用热量能使之进行一定程度分解的东西。他们仅有玻璃和钢块被分类运回是不够的。这种办法同《行动准则》所规定的废物处理办法是直接相冲突的。"

施工中的脏乱

"站长说，运回的垃圾有时可占垃圾总量的75%，但绿色和平组织将这个数字定值在10%左右。"

"可燃物废物储存在油桶内，且封盖不严，使得废物被风吹得到处散布。站长承认，风经常吹得各种垃圾在站区散布。食物废物同其他废物混杂在一起，没有任何遮盖。白天可以见到贼鸥在餐厅后面的剩饭桶中啄食。"

　　站区内是这样，实施考察同样对南极环境造成污染。典型的例证是1989年1月，阿根廷补给船"巴希业·帕雷索"号在美国帕默站附近海域触礁，漏油高达727500升。有关人士指出：这次漏油事故"使得南极臭氧耗竭和商业性磷虾捕捞的生态影响研究项目进展严重受阻"，关键是对邻近海区海洋环境的破坏，以至暂时难以做出科学的评估。

　　美国环境保护基金会的小布鲁斯·S·曼海姆，就曾指责美国国家科学基金会在保护南极环境上存在着种种不负责任的行为。如麦克默多站上的考察人员就在罗斯岛上，用1814.4千克炸药起爆31.8千克的有毒化学废物，爆炸后留下一个12.2米宽、3米深的大坑。巨响无比的爆炸声浪向四外滚动，达到约20千米。有毒化学品被起爆后腾上高空，然后四散飞扬。对此，麦克默多站上的考察人员装聋作哑，不予作出环境污染的评价。这种做法所造成的危害不仅仅是化学污染，还有物理噪声污染，干扰动物的生活。

冰中爆破

　　地球是个整体，其他洲的污染也影响着南极环境。我国研究人员发现，在南极半岛、澳大利亚戴维斯站、美国的麦克默多站附近，均发现有滴滴涕与六六六存在。他们还在麦克默多站以北600多千米的哈利特角发现含有滴滴涕。巢居

某国议会代表团考察中山站

在帕默站附近的黄蹼海燕体内同样含有滴滴涕。可以说，南极地区越是接近人类长期生产和生活的地方，污染就越严重。采自接近南美大陆1000多千米的南极半岛的样品中，六六六、滴滴涕的含量均高于距澳大利亚4000多千米的戴维斯站的样品。

如果将南极的污染与人类居住的环境作对比，更会让人吃惊。有关研究人员把从南极采集的样品与采自青岛的样品做了对比分析后，认为南极半岛海藻内的六六六、滴滴涕的含量要比青岛太平角的海藻低一个数量级。青岛太平角海藻的六六六的含量是戴维斯站的20多倍，渤海湾的毛蚶体内滴滴涕浓度是戴维斯站蛤和海胆体内含量的20多倍。

从无农业耕作的南极，农药是怎样在这里散布开来的呢？研究人员认为，农药在南极造成污染主要是通过大气环流实现的。农民及其相关人员在使用六六六和滴滴涕时，往往身背喷雾器，采用喷撒式施药。其中相当部分的微粒没有落到植物上，而是随风飘入上空，在大气环流的作用下输往南极，然后通过大气沉降作用和降雪等途径落在南极大陆以及周围海域。

大自然有一定的自净能力，一些小的污染随着时间的推移可以自行消逝。在世界各大洲，南极自净能力是最差的。南极的低温，会使污染物分解速度大大放慢，势必造成更长时间的污染。例如，在中国的炎炎夏季，一块香蕉皮四五天就可变黑变烂被微生物所分解；而在南极冰原上，则需要180年，这是一个多么漫长的岁月啊！

南极污染环境的事例虽然很多，相对于其他大陆，其污染程度还是比较

·小资料·

日本极地研究前晋尔教授来北京讲学时，说过一个这样的故事：20世纪50年代，日本在南极刚刚创建昭和站，当时队员们的环境保护意识还不强，随地大小便习以为常。20多年后，新的队员来到站区，出外考察时，竟然误把老队员留在冰窝中的硬梆梆的粪便当作天外来客——陨石拣回保存。室内温度高，待"陨石"变软，才发现上了当。

洁净的南极冰雪拿来就可以吃

碧海冰山

轻微的。究其原因，除了那里严酷的自然环境限制了很多人的到达，最重要的是1959年12月1日订于华盛顿、并于1961年6月23日生效的《南极条约》发挥了积极作用。倘若没有它来约束各个相关国家，南极污染程度要比现在严重得多。南极并非净土，但在环境总体水平上，相对于其他大陆，仍然是纯净的。虽有值得注意的问题，更有显示人类文明的保护环境的进步，这就是南极环境的现状。

站房是生命的依托

　　南极风大，最高每秒可达百米，几近12级台风风速的3倍；南极寒冷，最低可达 −89.2℃；南极雪多，遇有阴天雪花随时飘飞。在如此严酷的自然环境下，各国南极考察队员要生存、要坚持常年考察，必须拥有能够依身的站房。而防风、防雪、防寒、防火是对南极考察站房最基本的要求。否则，不仅影响考察任务的完成，还会对考察队员生命构成严重的威胁。

·小资料·

　　有一年，澳大利亚凯西站遇到强风，风将一个装满柴油的油桶卷起抛向远方。冰川学家秦大河1990年横穿南极时，临近终点和平站，一位日本队友出了帐篷几十米，便因为风大找不到回帐篷的路，一夜未归。好在他比较有经验，赶紧掘了个雪坑躲起来，为队友们第二天找到他提供了条件。

中山站

高架式站房

高架式考察站房固然大大减少了风的阻力，但前提是房屋的整体结构必须是牢固的，否则同样会被强风摧垮。中山站设计抗风能力为每秒50米。相当于12级台风风力的1.5倍。为了达到这个设计要求，强化整体结构，施工时先要打好基础。具体的操作程序是：根据柱桩安排，先挖一排排约80厘米深、1米见方的基坑，然后浇灌钢筋混凝土基础。同时在各个基础上面平置一块厚钢板，让它与混凝土基础凝结在一起。每栋房的基坑多达几百个，经测绘，浇灌好的基墩必须在同一水平面上，以便为上面放置钢架提供条件。钢件柱桩的基部为十字形钢板，一旦将其焊在平置的钢筋混凝土基础钢板上，柱桩便会格外牢固地直立在基础之上。钢架是套管的，可以伸缩，适于调节高度或长度。钢架预置完毕，就可以往上面拼装集装箱房了。钢架与集装箱之间又会有预设的大量螺栓加以固定。于是，整体结构很强的考察站房形成了。站房下面的钢架均为低合金钢，它的优点是受到外力时不会扭曲，遇到过度寒冷又不会变脆，从而大大提高了站房的安全系数。中山站的建设事实证明，它的设计和站房部件制作均是比较优秀的。如果说不足的话，那就是从国内运往南极的用于混凝土浇灌的300吨砂子。在这个问题上工程人员失算了，原因是南极拉斯曼丘陵的砂子灰分比从国内运去的还少，因此质量更优，使得万里迢迢从国内运往南极的砂子没有派上用场。

高架式俄罗斯进步二站

　　高架式建筑属于南极考察站惯常的建筑模式。也有的国家南极考察站建筑采用特别式样，如俄罗斯进步一站采用落地式。他们敢于这样做，是利用了站区地形。站后是隆起的南极大陆冰盖和山岩，具有挡风作用。暴风雪出现时，气流又恰到好处地越过站区，带走了飞雪，有效地防止了雪的堆积。而靠近中山站临海的进步二站，其站房形制同中山站无异，同样是高架式。地处南极拉斯曼丘陵的澳大利亚劳基地又别出心裁地采用苹果屋式建筑。轻质低矮的玻璃钢站房，不仅易于用直升机搬迁到任何一个地方，而且截球般的形状明显利于防风。

俄罗斯进步一站

　　在考察站防寒上，工程技术人员也作了不少努力。如考察站的墙体是由两

苹果屋式的澳大利亚考察站——劳基地

面薄钢片夹以硬质聚酯氨泡沫塑料制成。这种墙体不仅具有较强的抗压作用，更具有非常良好的保温作用。倘若南极考察站所用的墙体材料是导热系数大的水泥预制板，抑或是砖墙，那会使室内的热量很快散掉。测试表明，24厘米厚的砖墙热阻值为0.05左右。而薄钢片夹以硬质聚酯氨泡沫塑料墙体，虽然厚度仅为12厘米，热阻值却上升到0.2。冰箱所用的箱体材料，也是薄钢片夹以硬质聚酯氨泡沫塑料，只不过厚度薄些罢了。

站房的窗子也需作防寒处理。在我国北方地区，进入严冬，窗子上往往会凝结厚厚的冰霜，直到春天才会融化。这一现象的出现，既表明热量的大量散失，也有碍对室外的观察。南极考察站站房就有效地解决了这个问题。技术人员设计制作的窗子作了密封处理，为内外两层，抽除中间的空气，里面成了真空，使冷与热失去了传递介质，这样既减缓了热量的散发速度，窗子又始终是透明的。

集装箱房与底部钢架之间连结需要用大量的螺栓加固。如果这些螺栓皆为钢质的，螺栓必会成为向外导热的"冷桥"。为了解决"冷桥"问题，工程技术人员选用不良导体聚砜塑料做螺栓。千万别小看它，一个手指粗的聚砜塑料螺栓，可以承受750千克力的拉力。

当然，解决防寒问题，首要的是要有一个良好的热能供应系统。南极供暖主要是靠柴油机发电。中山站建站之初，就拥有两部大马力、高效率的柴油发电机。一台工作，一台备用。柴油做为考察站的能源基础，既用于保暖、做饭、照明，又是科研仪器常年运转的保证。有一个问题是不需要讨论的，即没有石油供应，南极的一切人类活动都将终结。我国过去的"极地"号船，现在的"雪龙"号船，基本每年极昼之际都要航行一次南极，其任务主要有三：一是开展科学考察，二是更换越冬考察人员，三是运去油料保证考察站运转。

　　防火，对于南极考察站更为重要，澳大利亚凯西站的一座站房、前苏联东方站、澳大利亚凯西站能源室，都曾遭到大火的洗劫。有的南极考察队员说："南极考察站不失火则罢，一旦失火就难以扑灭。"这话并不夸张。过度干燥，是南极火灾难以扑灭的重要原因。南极干燥到何种程度呢？一次，一位外国考察队员在野外拾到一盒火柴，拿起一看，原来是20世纪初南极考察队丢下的。试擦一根，火柴"哧"地一声居然被引燃了。南极之所以干燥，是因为寒冷，冰雪没有蒸发的条件。考虑到防火，工程技术人员对我国南极考察站室内材料作了防火处理。如考察站的内隔板，采用防火性能好的石膏板。地板用的是木质刨花板。这种刨花板用火柴是引燃不了的，即便用更强的火焰去点，也不会燃烧，充其量炭化。

中山站储油罐

指南针"失灵"

在没有进入正文以前，先设定一个题目：当你乘小船航行在南极普利兹湾陆缘冰区，同时给你一个指南针，并把中山站所处的经纬度告诉你，你能找到中山站吗？回答是否定的。原因是对方没有把中山站与南磁极点之间的校正角告诉你，指南针会"失灵"。要知道，那不是一个可有可无的误差，校正角达 76°。

如果要把寻找的地点移到国内某一个地方，给你同样的条件，一般是没有问题的。在定向越野赛中，一些人胜出就是很好的证明。究其原因，是中国距南极十分遥远，指南针基本指南，校正角微小。

· 小资料 ·

辨向小常识

除指南针外，还有一些辨向小常识：树桩年轮的疏密，能显示出南北方向。在北半球，朝南的一面，年轮的间隔要宽一些。高山南面与北面的植被具有差异，不仅是茂密与疏矮的区别，还有植物种类的不同。利用北极星也可以判定方位，从大熊星座或仙后星座寻找北极星是容易的，找到北极星就找到了北方。以太阳和手表判定方位同样可行，要领很简单，以24小时制的小时数折半对着太阳，"12"所指的就是北方。

严格来说，"南极"一词有两个概念，一个是地理南极点，另一个指磁南极点，两者相距2000多千米。我们通常所说的南北两极，都是以地理南极点为基准。而指南针所指的南与北，实质上是指南磁极和北磁极方向。南磁极与地理南极点之间存在一个校正角。地球上不同经纬度处，其校正角大小是不一样的。

可以说，没有指南针，就没有世界的航海事业。与此同理，没有指南针也就没有西方探险家对南极大陆的发现。他们是靠指南针不断校正航向，才找到了南极。

对于磁偏角的认识，是中国古代自然科学技术的一大硕果。沈括《梦溪笔谈》中就明确指出："方家以磁石磨针锋，则能指南，然常微偏东，不全南也。"英国皇家学会会员、著名自然科学史学家李约瑟博士在谈到这段文字时，激动地写道："我永远也不会忘记当我在这部中文著作中第一次读到这几句话时，所感受到的欣喜若狂的激动。沈括特别推荐把磁针悬挂在新缫的真丝上。"

早期南极探险者另一个功绩是找到了南磁极点。19世纪20年代初，西方世界掀起一个观测和研究磁场的热潮。于是测定磁场成了一些探险家追逐的目标。罗斯于1831年首先测定了北磁极。1841年，他为测定南磁极的位置到达了南纬76°、东经164°的地方，只要再往西行250千米，就可以到南磁极的位置。然而由于有高耸的横贯南极山脉的阻挡，他只能收住前进的脚步。找到南磁极的殊荣给了澳大利亚探险家戴维斯和莫森。他们奔波了109天，跋涉2000多千米，1909年1月16日，终于到达南磁极。他们测定南磁极的地理方位是南纬72°25′，东经155°16′。

考察队员在冰盖进行GPS观测

拉斯曼丘陵上的中国大地卫星测量观测站

中山站旗标

而今100多年过去了，南磁极又有了变化，它几乎是每年以8.6千米的速度移动，竟又向西北方向移动了1200多千米。1971年其位置约在东经139°30′，南纬60°30′；1975年的位置约在东经139°24′，南纬65°30′；现在它的大致方位在东南极的乔治五世海岸。

南磁极又是怎样确定的呢？测绘专家鄂栋臣的回答是："根据有关地磁场和太阳活动带电粒子流的资料而推断的。"

物理学中有一个分支学科，叫古地磁学。科学家发现，在一种含铁物质岩石形成过程中，由于当时地球磁场的作用，都会按地球磁场的方向被微弱磁化。这样就把当时地球磁场的方向和磁性永久留存下来。科学家通过研究古地磁，发现在漫长的地质历史中，地球磁场不仅经常改变方向，而且还多次发生倒转。为什么出现这一自然现象，科学家现在还难以求解。古地磁既然有纪录地质历史的作用，那么，研究各个大陆漂移就有了根据。因为古陆位移，磁力线也就会扭曲，如果将其续接上，就可找出当时各个古陆之间的联系。

中山站方向标

在中国南极中山站,确定校正角关系重大。校正角有利于队员们识别方向,更有助于测绘学家进一步推算中山站与国内各大城市之间的距离。经过测定,一个2米多高漂亮的方向标竖立在中山站前。顶部钉着企鹅和熊猫模型,下面钉着箭头状木制标牌,上面写着中山站距祖国各大城市的距离:

北京 12553.16 千米	青岛 12280 千米
上海 11741 千米	杭州 11637 千米
天津 12493 千米	南昌 11329 千米
郑州 11920 千米	长沙 11236 千米
广州 10701 千米	武汉 11518 千米
成都 11322 千米	香港 10602 千米
哈尔滨 13403 千米	台北 11077 千米
沈阳 12932 千米	石家庄 12317 千米

▌中国有了破冰船▐

　　1989年2月底，中山站地区纷纷扬扬地下起了大雪，从天上到地面一派白茫茫。举行完中山站落成典礼，多数队友就要离开这里，搭乘自己的"极地"号抗冰船，准备踏上返回祖国的征途。屈指算来，已有十余天未见到这艘考察船的身影了。据说是船领导考虑到"极地"号没有任何破冰能力，怕寒流突降，使靠近陆岸的冰排连结成冰原，使"极地"号陷在其中不能自拔，导致考察队不能回国。出于万全考虑，船员们把它开到疏冰海域远远地候着。

　　怎样解决从中山站至"极地"号之间的队员转运问题？无奈之下，只好请求停在中山站附近的苏联"维塔斯·白令"号破冰船。这艘破冰船，中国队员们并不陌生。有一次，几座两三层楼高的小冰丘，在海浪和大风的作用下，浮动中挡住了运输艇前进的航路。这艘破冰船慢慢地把船艏贴到冰山，然后开足马力，依靠自身强大的动力和坚硬的船身，将冰丘推向一旁，保证了小艇的运行。面对中国人难以登上自己考察船的困境，苏联队员伸出了援

俄罗斯破冰船

手，愿意用他们的破冰船转运中国队员。当中国队员登上"维塔斯·白令"号破冰船，更感到这家伙威风八面。当这艘 160 米长、24 米宽的破冰船航行在荷叶冰区，船长谢尔基·萨哈诺夫根本不在乎密度已近 100% 的浮冰，加大马力，疯狂地向前猛冲，甚至连卡车大小的冰丘也不避让。显然是船的速度太快，冰船一经相撞，宛如刀切西瓜，随着脆雷般的响声，冰丘立即炸裂开来。连续不断的破冰声在耳畔轰鸣，让随船的中国船员发出一阵阵感叹，自然也让他们回想起，中国南极考察因为没有破冰船，自 1984 年组队进军南极以来，一直勉为其难地坚持着。

"向阳红" 10 号

1985 年 2 月，中国南极长城站在南设得兰群岛的乔治王岛上崛起，新闻传媒报道它所处的纬度是南纬 62°12′59″，经度为西经 58°57′52″。有人曾就此询问，以中国首次南极考察 500 多人的队伍，以"向阳红"10 号和海军"J121"号打捞救生船两艘万吨轮的规模，中国为什么不把考察站建在南极圈以内？哪怕是建在狭长的南极半岛末端！或者像 1988 年那样，考察船从美丽的青岛启航，穿过太平洋，直奔南极大陆，找更有利于南极科学考察的地方建站？

提出这个问题的人，也许还不大清楚，"向阳红"10 号和海军"J121"号打捞救生船，虽然在汪洋恣肆的大海中恍如蛟龙，但却没有任何抗冰能力。还有，如果不是一二亿年前地壳板块的游离，过大地拉长了中国至南极的距离，而是像智利和阿根廷距南极那样近，中国要想在乔治王岛上有所作为，驾驶着小小的旅游船也可以办得到。那些开往南极半岛附近海域的旅游船，就是一般的小船。由此可见，在乔治王岛上建立长城站，是当时中国没有抗冰船、也没有破冰船的最佳选择。

运筹帷幄的中国南极决策者们，在长城站刚刚建立不久，就把目光瞄向了南极大陆，准备在那里一展雄姿——建立中国南极中山站。要把这个计划变为现实，首要的是要有能在冰区航行的船。当他们得知拥有抗冰船也能冲开密度不等的浮冰，再沿着冰隙靠近南极大陆，从而实现建站愿望时，决计买一艘价格远比破冰船低得多的抗冰船。限于资金，后又变通为买一艘旧的抗冰船。就这样，北欧芬兰劳马船厂于1972年制造的原叫"里尔"号的抗冰货船，于1985年9月易主中国。对部分货舱进行改造，加设了实验室、考察队员住舱，摇身一变，更名为"极地"号，成了中国唯一的南极抗冰船。

从外观上看，"极地"号明显老化。船体的一些小铁件，锈蚀得碰一碰都

"极地"号抗冰船

会掉渣，再用手使劲扳动，如同干树杈，"咯嘣"一声，折断了。船外的楼梯踏板，用脚狠狠踹几下，黑红黑红的铁锈便一片片崩起。1993年10月，上海沪东造船厂对它进行了一次彻底的"体检"和"治疗"。在船体腐蚀方面，进坞测厚700多个点，结果表明测厚区域腐蚀一般，其中有4块钢板腐蚀超过外板腐蚀极限15%的标准。修船人员已将艏尖舱、深舱内个别局部缺陷修理，主机部分调换了4个底座螺栓，更换了4台副机伺服马达，还解决了某些地方的油路堵塞和漏油问题。

·小资料·

1988年12月20日，进入南极浮冰区的"极地"号正驶向普利兹湾，试图冲破浮冰，向南极大陆的拉斯曼丘陵靠近。这里的浮冰多为荷叶状，每块浮冰10多平方米或20多平方米不等。形如北京国家博物馆般大的平顶大冰山，突兀在浮冰区上，放眼望去，总共有六七座。在船体的冲击下，小块浮冰滑向一边。大块浮冰或被劈开，或咬着船舷随船击水前行。尽管南极寒意浓浓，队友们仍不时伏身船头下望，看大自然凝铸的坚冰，是怎样在威武的抗冰船前屈服、滚动、破碎、流散。冰山，被一座座甩在后面；航迹，在缓缓地向前延伸。好景不长，"极地"号在冰区航行不到一天，就传来了坏消息：船艏被撞坏。只见船艏左侧水线处，凹进一个直径约70厘米的洞，一堆白白的冰屑被裹在里面，如同棉絮。

此时还望不到南极大陆，说明考察船仍行驶在普利兹湾的外缘。茫茫无际的冰区，星罗棋布的冰山，考察船陷入陌路荆途。虽然没有人担心"极地"号的破损，会因之沉没，因为船上人知道，它是双层舱结构，只是外层破损，内层还有防止水渗入舱内的最后一道屏障。但有一点是清楚的，即它的抗冰能力会大大减弱。

为不使船洞进一步撕大，船速明显地减慢了，如同蜗牛行走。待船驶过远海浮冰区，到了能看到南极大陆的陆缘冰区，更为寸步难行。距陆岸三四海里远的地方，冰原连成一片，冰厚2米左右。队员们虽见到南极大陆却不能近前，因为"极地"的抗冰能力使它只适于在冰区占海区40%～60%的海域航行，而且浮冰必须是当年冰。

　　"极地"号首闯南极冰区的航行是艰难的。它伤痕累累，瘢迹重重。记不得有多少次，考察队员勉为其难地驱动着它，一次又一次陷入无奈。渴望中国拥有自己的破冰船，这是所有南极考察队员最大的企盼。

　　1993年，企盼终于变为现实，中国拥有了自己的破冰船。它购自乌克兰，长达167米的黑色船身仿若一头巨鲸浮在海中。与船身形成鲜明对比的是乳白色高耸的船楼，在蓝天的映衬下给人以净洁清丽之感。总吨位为14400吨的"雪龙"号，最大航速18节*，续航能力达到2万海里，干货存储的自持力90天，淡水存储可用于航行50天。它的外甲板采用每平方厘米可抗4000千克强度的D40、E40低合金钢，其中冰线以下E40钢板厚达22毫米。船上采用的绝缘和主船体材料，能适应−50℃的低温。显然，它是一柄劈冰的利斧，是坚冰的克星。有了它，我国南极考察队员完全可以扬眉吐气地站在"雪龙"号船上，傲视南极沿海茫茫的冰原，向着隆起的南极大陆趋近。昔日远望南极大陆但因受重重坚冰阻隔而不能近前的惆怅和焦灼，将永远成为记忆。

"雪龙"号破冰船

＊节为国际通用的航海速度单位，1节＝1海里／小时。

南极禁狗

2006年元旦之后，中国组织了一个政府考察团前往南极大陆。团员们发现，这一年适值中国狗年，狗被炒得红红火火之际，中国南极中山站没有养狗，顺访的俄罗斯进步二站、澳大利亚戴维斯站和劳基地也没有养狗。各国无不坚决地执行了国际南极条约组织要求在南极禁狗的决定，至今已有12年。

做为一种不可替代的畜力资源，狗以轻便、有力、驯服和耐寒等特点，在南极探险中立下了汗马功劳。20世纪初，在远征南极点的竞争中，挪威探险家阿蒙森因为以狗为工具，才第一个到达南极点。作为竞争对手的英国探险家斯科特不听他人劝阻，启用狗的同时还把马匹运到南极，试图将这些力气比狗大，易驯服的马儿做为重要役使工具。结果马匹因皮毛保暖差，经不住南极严寒的侵袭，被冻得瑟瑟发抖，影响使用。南极积雪也难以承受马匹庞大的身驱，马的四肢总是深陷雪中，马反而成了拖累。因为这些马无用武之地，最后只能枪杀食用。教训是深刻的，从此再没有哪位探险家把马运到南极。现代有些南极探险之所以取得成功，也得益于狗。1989年—1990年，中国冰川学家

·小资料·

事实证明，在南极探险中，爱斯基摩狗表现得最为出色。它身上的毛又长又密，爪垫上也长着浓密的粗毛，这使得它走在雪地上不易被冻伤。尤其是耐寒性，很多狗不能与之相比。在气温为−50℃的风雪天气里，它们照样能够拉着雪橇疾行。休息时，它们卧在积雪中，只要露出脑袋或冰雪面留出鼠洞大的洞，依然能够酣然入睡。一只成年爱斯基摩狗，每小时能行走10千米，可连续在雪地里奔行10个小时。

并不是所有的狗都能成为极地探险家得心应手的工具，有的狗就经不住严寒的考验。苏联著名探险家谢多夫20世纪初向北极进军时，商人维绍米尔斯基向他推荐阿尔汉格尔斯克北地狗。待弄到北极冰原上，这些家伙连挽具都不会拉，训练一段时间以后方能勉强使用。最为糟糕的是，这种狗不耐寒。凛冽的寒风中，一只只狗夹着尾巴，缩成一团，还不断发出令人心烦的哀鸣。

狗干扰南极鸟儿的生活

狗惊飞贼鸥

秦大河与美、日、英、法、苏五国5名队员联手徒步横穿南极大陆,用40多条狗拉着雪橇远征,不管是爱斯基摩狗还是克罗拉多狗,都表现得极为出色,保证了此次探险的成功。澳大利亚莫森站使用的一支狗队,在1994年以前,每年考察都用狗拉着雪撬跑数百千米的路程。

1991年,相关国家在马德里制定的有关南极环境保护条款中规定:狗不宜再引入南极大陆和冰架,这些区域现有的狗应在1994年4月1日前离开。

"不宜"的理由是什么?狗在南极存在本身就意味着污染,从吃食到排泄。狗还曾加害于企鹅,有一只狗曾窜到阿德雷企鹅

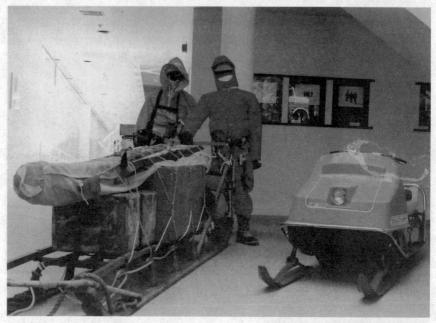

摩托雪橇替代了狗拉雪橇

群中，一夜之间咬死了几百只。在站区周围乱窜的狗对其他南极动物也是个威胁。各种现代化雪上机动工具在南极的应用，在一定程度上削弱了狗在南极的役使作用。

于是，取得共识的各国南极考察站相继采取措施——迁狗。1992年11月4日，22只爱斯基摩狗在考察队员的驱赶下，离开澳大利亚莫森站，它们新的归宿地是北半球的加拿大。这是澳大利亚各个南极考察站撤走的最后一批狗。中国南极中山站和中国南极长城站也采取了相应措施，积极将狗迁出南极。

外国考察队员带着叭儿狗来到中山站

　　迁狗的行动是坚决的，但南极考察队员对狗的留恋也是由衷的。他们知道，狗的灵性和对考察队员的忠诚，是任何东西不可替代的。昔日它们的存在，不知为考察队员带来多少乐趣和慰藉。当队员们在南极打发寂寞而又无聊的日子，还有那思乡的绵绵愁绪难以排解时，往往因为狗的顺从和逗人而淡化。正如有的队员所说："听到几声狗吠，那个亲切劲儿，真有点像回到了遥远的家乡。"

　　中国南极长城站养了一条名为黑子的军犬，极为懂事，甚至能经常帮助刚刚起床的主人将要穿的鞋子叼来放好。中山站的队员对狗更是别有亲情。那是 1988 年 11 月 20 日，"极地"号船将要驶离青岛港赴南极，几个队员抱着黑、黄、花三只小狗上船。它们那时仅有果珍瓶般大小，怯怯的，如同玩具般任凭队员们捏在手里摆弄。带这些小家伙随考察船一道去南极目的是明确的，既不是等它们长大后驱赶着它们去拉雪橇，亦非断炊时用以充饥，只是想让它们给考察队员枯燥的生活增加些许乐趣。"极地"号抗冰船驶过澳大利亚进入西风带后，10 米左右高的滔天大浪，整天戏弄着这艘万吨级考察船。船一会儿被抬上浪尖，一会儿又跌入浪谷，船上的考察队员犹如坐在未经驯化的西班牙公牛背上，受尽剧烈颠簸。多数队员卧在床上呕吐不止，以至嘴角流出的唾液延及地面也没有力气用手抹掉。可怜的小狗也伴着队员们一块晕船，整日趴在窝里不思饮食，偶尔站起走动几步，如同喝多了酒的醉汉，左摇右晃之后，瘫坐在船甲板上。经过近一个月的航行，队员们终于到达南极。遗憾的是考察船受 10 多

1988 年带往中山站的狗

千米宽的陆缘冰的阻隔，被困冰区近20天，只能站在船头，眺望南极大陆褐色的山岩。那些日子真难熬啊！每天的行动范围仅限于长100多米、宽20多米的船台，队员们为此充满焦灼和不安，小狗也被困得难受。因小狗常在船头比较宽阔的甲板上玩耍，免不了到处拉屎拉尿，队员们便关了它们的"禁闭"，送进舱盖上方的一艘运输艇里。艇甲板高约1米，里面活动空间很小。听觉敏锐的小狗每当听到有人走来，就奶声奶气地"汪汪"叫个不停，好像在倾诉着被困的苦恼，渴望获得自由，提醒人们千万不要忘记它们的存在。到中山站后，这些狗被养大，生了后代，现在将其统统清理出南极，无人不感到难以割舍。

也有人把狗在南极绝迹，看作是狗的一种解脱。中国极地研究所负责人颜其德举例说，一次他去莫森站，几只用绳索拴着的狗看到他后，疯狂地挣扎着，吼叫着，想扑向他，吓得他有些却步。待他小心翼翼地到了狗的近前，才发现狗并无恶意。为了取悦于他，狗媚态十足，先是要欢，继而舔他的脚和腿，乃至要舔他的全身，然后伏在地上低鸣着。颜其德就此认定，在南极极少见到人的狗，也有难耐甚至是痛苦的寂寞。

南极无狗的日子，考察队员是怎样生活的呢？2005年3月从南极长城站归来的中国南极长城站站长王建国说，包括越冬在内，他和队友在南极整整工作了一年，没有狗相伴相随，生活照样很丰富很充实。长城站所在地区的乔治王岛上，共有7个国家的考察站，如智利的弗雷总统站、韩国的世宗王站等，为了解除久居南极思乡思亲的煎熬，各国考察站间不仅加强了互访，还相约共同举行他们自己命名的国际奥林匹克运动会，展开体育比赛。长城站更是想方设法安排体育活动，举行滑雪、乒乓球比赛，开展读书、集邮活动等。王建国说，考虑到保护南极环境的大局，为了全人类的利益，包括养狗在内，没有什么不能舍弃的。

横穿南极大陆

　　20多年来，在南极洲进行的最有影响的探险考察事件，当属1989年—1990年国际首次徒步横穿南极大陆科学考察活动。探险队共由6名队员组成，分别是中国队员秦大河、美国队员斯蒂格、英国队员萨莫斯、法国队员艾地安、日本队员舟津圭三、苏联队员维克多。1989年7月28日，他们从南极半岛顶端的海豹冰原岛峰出发，依靠狗拉雪橇和滑雪板，用了220天，行程5986千米，横穿南极大陆。途经南极点和"不可接近地区"，于1990年3月3日胜利到达苏联和平站，从而完成了人类第一次徒步横穿南极大陆的壮举。

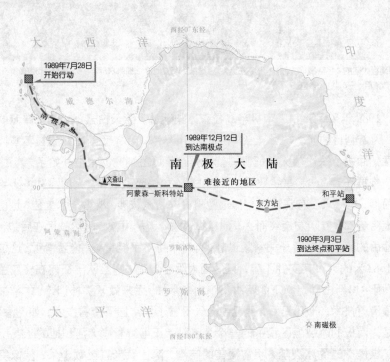

1989年—1990年国际徒步横穿南极路线图

横穿南极大陆的 6 名队员 （右起）中国队员秦大河、法国队员艾地安、苏联队员维克多、英国队员萨莫斯、美国队员斯蒂格、日本队员舟津圭三

　　1989 年 7 月 28 日，南极半岛拉森冰架北端，蓝天白云下，阳光普照的雪原，闪着刺目的光。"OK！OK！"一声号令，41 条爱斯基摩狗拉着雪橇向前猛然冲去。一次伟大的征服，就这样在不可遏制的欲望中开始了。

　　狗群狂奔，溅起雪尘飞扬；雪橇飞驰，如快艇破浪。秦大河尽管多年与冰雪为伴，却从来没有在雪原上作过驰骋般的长途跋涉。滑雪技术欠佳，是他的一大劣势。看着队友疾飞而去，他猛撑雪杖，大汗淋漓，仍然被甩在后边。不甘落后的秦大河咬紧牙关紧紧追赶，有时不得不手抓雪橇，拖着滑行。这位身高 1.83 米的大汉其实并不笨，只是因为阴差阳错，探险队出征前在格陵兰岛上、阿尔卑斯山勃朗峰下的两次集训均未参加。后来做了弥补训练，才掌握了此项滑雪技术。十几天后，他已能全天滑雪了！掌握了滑雪技术，如虎添翼。可是，南极的冰裂隙区设下的一个个陷阱，正等待着秦大河和他的队友们。

　　纵横交错的冰裂隙，积雪覆盖的暗沟，深达数米直至数十米，就像魔鬼咧开的大嘴。一次，雪橇横在一条近 2 尺宽的冰裂隙上，维克多和斯蒂格趴在冰裂隙两侧，将手臂伸入冰裂隙，水中捞月般将一只坠入冰裂隙的花狗提了上来。这只狗偎依在斯蒂格的膝下，一副惊魂未定的神态。从此，每遇冰裂隙区，走在队伍前面的不再是勇猛的爱斯基摩狗，而是横穿队员。他们结绳拉开距离，用雪杖击冰探路，绕开防不胜防的明沟暗隙。

极地的暴风雪是横穿队面前的恶魔。风的吼啸，令人心惊胆寒；雪的弥漫，使人昏眩迷途。9月上旬的一天，暴风骤起，雪浪横飞，能见度只有10多米。秦大河和萨莫斯驾驭着雪橇冲在前面，其他队友未跟上，双方失去了联系。为寻觅迷失的队友，秦大河动用了自己的经验。5年前他在凯西站，曾独自到冰盖上钻冰取样，暴风雪突然袭来，天地间一片昏暗。为防被暴风卷走，他立即刨冰挖坑，趴在里面，用无线电与站上联系。站上的队友得知后，系结了所有绳子，拴住一个队友，进行"推磨"式的寻找，终于找到了他。这时，秦大河把雪橇上所有的绳子集结起来，一头固定在雪橇上，另一头拴住自己，围绕萨莫斯守卫的雪橇做环行"推磨"，一圈又一圈地向外围推进，花了整整2小时，终于找到了掉队的队友。

时年43岁的秦大河，作为来自中国科学院冰川冻土研究所的副研究员，始终坚持科学考察。具体的工作是沿途开展冰面地貌、冰盖表面降雪晶形与尺寸、雪层剖面、十米深度内的雪层温度和冰雪化学等项目考察。值得强调的是，由于他在南极点—苏联东方站之间这一被称为人类"不可接近地区"坚持工作，第一次为人类冰川学研究采集到十分珍贵的冰雪样品，大大提高了中国南极科研水平。秦大河以其不屈不挠的精神为中国争得了荣誉，被誉为"在南极升起的一颗中国星"。

苏联队员维克多·巴雅夫斯基被誉为"超人"。气

秦大河在南极大陆采雪样

温在−30℃以下时，他赤裸着上身在雪地里用雪搓澡，这对常人来说犹如上刑。可横穿途中，他每天早晨都如此。每天早晨他总是第一个钻出睡袋，打扫帐篷周围的积雪；雪浴后，测量风速等，还向队友们报告当天的天气趋势。在这支考察队近6000千米的行程中，多数路程是维克多在前面开路，测罗盘，留下一些记号让狗追赶。40岁的维克多不仅体质超人，而且多才多艺，每个队员过生日时，他都要写一首诗表示祝贺。维克多特别爱喝酒，在考察队横穿南极的第100天，本想开怀痛饮，但他苦心积存的半瓶白酒，竟被补给飞机当作多余物品运走了，只好以浓茶当酒，畅饮一番。

横穿队里，每个人都有雄心壮志。斯蒂格的奋斗目标是："我总是同新的天地较量，这就是通过探险迎接挑战。"艾地安认为："当我们来自不同的国家，就会觉得代表着自己的国家，就想要做出自己的最大努力。这也是国家荣誉的需要。"像很多英国人一样，萨莫斯同样一派绅士风度。他比其他队员文化程度低，没上过大学，但他用六分仪导航的精度，几乎与先进的卫星地面测绘仪器不相上下。在中国队员秦大河还不能熟练滑雪和驾驭雪橇时，萨莫斯手把手地教他，不厌其烦地点拨窍门。这位40岁的英国队员到达极点时，专门戴假面具照了相，做为送给侄儿、侄女的礼物。

横穿南极大陆探险快要结束时，又上演了惊险的一幕。33岁的日本队员舟津圭三，是探险队中的小弟弟。在这次考察中干的却是一件头等大事——

探险队冒着风雪搭建帐篷

管狗。他负责管理狗的饮食、睡眠、拖拉雪橇。在途经古巴时，狗热得直喘气，他拿衣服当扇子给狗扇风；在横穿途中他考虑的是使狗暖和：给它们套上自己多余的袜子，筑雪墙为狗挡风。舟津圭三从小就喜欢狗，曾经有过8年的养狗史。他大学时期学的是商业，但他无心经商，为参加这次考察，他到美国学习驯狗和驾狗拉雪橇达2年之久。为喂狗，舟津圭三险些送命。1990年3月2日，在离终点26千米处，考察队在大本营的要求下，放弃了一鼓作气到达终点的努力，等到第二天，成为在"预定的时刻"进入电视画面中的"英雄角色"。支完帐篷，舟津圭三去喂狗，但突遇暴风雪，瞬时天昏地暗，什么也看不见。舟津圭三没回来，队友们知道出了事，赶紧把绳子连起来，进行"推磨"式寻找。人在前面摸索，来接应的苏联拖拉机在后面跟着。整整一晚，才找到"失踪"了的舟津圭三。原来，他就在50米开外自己挖的雪洞里躲着。假如那晚气温降到−30℃，雪洞定会成为他的墓穴！幸运的是，那晚气温才−20℃。队友们亲热地称呼他是"幸运儿"。

秦大河凯旋回到北京

南极飞行

　　南极飞行的创始国是美国。1928年，伯德率领探险队到达罗斯陆缘冰区，在鲸湾建立了飞行基地，并从这里起飞经过南极点折返。1935年，林肯·埃尔斯沃思驾机从南极半岛顶端出发，纵贯南极半岛和横穿西南极洲，航程达3700千米，首次在南极大陆着陆成功。1946年南极考察时，又开创了使用了直升机的先河。

飞翔在蓝空

　　现在，可以有多个方向从其他大陆飞往南极洲。

　　从地处南美洲智利的蓬塔阿雷纳斯起飞，可以降落在南极乔治王岛上的马尔什机场。不少去南极半岛的考察队员或游客，都走这条航线。由于马尔什机场跑道并非是我们常见的混凝土跑道，而是表层铺了夯实的土，下面是永冻层，重型飞机起降是危险的。1989年，出于一次重大科学探险的需要，苏联"伊柳辛—76"大型运输机从蓬塔阿雷纳斯起飞，前往马尔什机场。首席驾驶员斯坦尼斯拉夫·伯利兹纳龙科对安全降落一直持怀疑态度，他提醒乘客，假如发现着陆过于危险，就飞回智利。这时，马尔什机场已呈现在伯利兹纳龙科眼下，仅有1300米长的窄窄的跑道，对于"伊柳辛—76"飞机来说很不适宜。伯利兹纳龙科驾着飞机在机场上空盘旋着，他想使飞机尽可能地从跑道端部降落，以争取滑行的长度。他压下机头，对准跑道。先是起落架撞击地面的"隆隆"声，接着是滑行在粗糙的土跑道上发出的剧烈震动声，乘员们一个个吓得面如土色。飞机终于停住了。还好，安全降落。再瞧着陆处，居然被飞机起落架砸出一个大坑。

由于美国空军同澳大利亚皇家空军达成联合运输协议，开辟了新西兰和美国麦克默多站之间的空运，从而可以乘飞机到达南极。其飞行路径是：通常客机从澳大利亚飞往新西兰克赖斯特彻奇市，换乘美国军用飞机Ｃ—130大力神型或Ｃ—141星升型飞机，再从克赖斯特彻奇市飞往美国麦克默多站。航行在克赖斯特彻奇市到美国麦克默多站之间，需用5～10个小时。空中时间的长短，取决于所用飞机的型号和所遇风力大小。

由于受跑道限制，装备着同一起落架的飞机是不能总是前往南极麦克默多站的。12月中旬之前，飞机抵达麦克默多站时使用海冰跑道，用轮式飞机着陆。海冰裂开后，飞行跑道转换到罗斯冰架上，这时只有装备了雪橇式滑行设备的飞机才能从新西兰飞到麦克默多站。同海冰跑道相比，这条跑道更长些，海冰跑道长1.5千米，罗斯冰架上的跑道长8千米。到了麦克默多站，可换乘带有雪橇式起落架的Ｃ—130大力神飞机飞往设有机场的其他考察站，如澳大利亚凯西站。

出于安全考虑，在南极内陆飞行，可能的话尽量双机行动。其理由是：在南极单机飞行本身就意味着危险。一旦坠机，无法寻找飞机坠落的地方，更谈不到营救。在南极，地面上没有村庄、人群、商店，坠机者不但伤情得不到及时救治，连吃的东西也找不到。南极的恶劣环境，是其他大陆不能与之相比的。在南极飞行如果拥有两架直升机，也不是想飞多远就飞多远，其安全飞行半径是80海里。原因是考虑到远方的天气难以预料，还有直升机贮油有限。

澳大利亚飞行员巴克尔与作者

直升机单机飞行，一般飞行半径限制在15海里以内。

机械师在检修直升机

直升机侦察冰情

在南极考察中，中国考察队员使用最多的是直升机。1988年初冬，中国首次东南极考察队创建中国南极中山站时，出于考察船进入冰区后侦察冰情、摆脱冰障以免受阻的需要，以及用于小规模运输，考察队途经澳大利亚时租用了一架直升机。这架"钟206 B"型直升机总重810千克，加油量为286千克，要求飞行员体重不得超过77千克。直升机续航能力为80海里，有效负荷是279千克。为了租用这架直升机，考察队已向澳大利亚直升机公司付费147000澳元，每天租金是860澳元，给飞行员每天的付费是310澳元，给机械师每天付费是290澳元。飞行员名叫维克多·巴克尔，63岁，曾16次来南极执行飞行任务，第一次来南极执行飞行任务是1970年。机械师名叫大卫·高博。

中国南极考察队最早启用这架直升机的时间是1988年12月18日。"极地"号抗冰船进入冰区后，用了11小时才走了97海里，最慢时速度仅有2～3节。当时浮冰占海面80%以上，远远超过"极地"号抗冰船的航行能力，即浮冰占海面40%～60%。无奈，考察队只好派维克多·巴克尔驾机侦察冰情。在直升机引导下，考察船终于冲出浮冰包围，回到浮冰较少海区。

12月25日，中国科学探险队首次登上南极大陆。在考察船受陆缘冰区影响不能靠岸的情况下，考察队员乘直升机前往南极大陆。第二天9时30分，直升机来到中山站，接一位队员回船。直升机升上天空，飞行员维克多·巴克尔老头要抽烟，双手脱开直升机操纵杆，又是找烟又是点火。坐在副驾驶位置上的中国队员看在眼里，很是担心，怕直升机掉下去。而他吞云吐雾，一副无所谓的样子。他看身旁的这位中国队员比他年轻，认为视力会比他好些，示意中国队员在海面上搜索"极地"号，以便早些备降。"极地"号船体是灰色的，与海面上的颜色基本相近，结果还是巴克尔先发现了考察船。

作者在将要起飞的船载直升机上

远航归来

　　巴克尔一次与中方人员闲聊时说，由于南极特定的恶劣环境，为了保证安全，怎么谨慎都不过分，否则会有生命危险。南极有时出现的天气状况非常不利于飞行，例如铅灰色的天空，加上冰盖一片白色，驾机凌空，看到天地没有什么界限，视差不明显，飞行员头脑稍不清醒，飞机就容易坠地。

　　在南极飞行遇到过特别的危险吗？有人问巴克尔。他回忆说，有一次，飞行中直升机马达突然停止运转，好在马上找到了原因，及时启动，才避开灾祸。随中国队来南极飞行同样出现过危险。有一回，"钟206—B"直升机的螺旋桨已经高速运转起来，一个队员居然顾下不顾上地扛着测绘用的花杆走了过来。好在被机械师大卫·高博及时发现，抬手将花杆捺倒，否则，不是螺旋桨被打坏，就是把扛花杆的人拨到海里去。

南极与健康

南极的神秘及其独特的风光,不知令多少人梦里神游! 但人们可否知道,置身南极,那里的孤寂与酷寒,那里的极昼与极夜,那里银光闪闪的冰原,那里思乡的愁绪,会对身体造成怎样的影响? 具体而言,利在那里? 害又在何处? 中国南极考察已有20多年的历史,大凡去过南极的人,都有切身的体会。专业医学研究人员得出的结论则更具科学性。

"有必要指出一个令人惊奇的现象:洗一刻钟水温为−1.8℃的海水浴,接着在刮着刺骨的风时,在−17℃的寒冷天气中呆半个小时,绝对不会有什么问题,连伤风感冒都没有。我多次发现,在北极地区进行类似的冒险令人惊奇地轻松。事实上,在寒冷和气温急剧变化的王国里,我们几乎没有感冒过。一个个身体燥热,满头大汗,在严寒中冻上几星期,他会感到身体比在南方更健康。在南方,稍许吹一点穿堂风便会伤风感冒。我们经常说起,100年后,会不会用飞机把患有肺病的人送到北极疗养院,送往这没有细菌的地

简便的午餐

在南极吃到水果很难

区进行疗养呢？"这是20世纪初一位北极探险家所写的体会，笔者熟读这段文字，并想知道南极是否也是如此？

果然如此，这位北极探险先驱所作的描述得到印证。

例证之一：1989年创建中山站的日子里，一天22时左右，满载建站物资的运输艇出发了。考察队员姜廷元站在艇前负责观察并提示冰情。太阳落下山去，天色逐渐暗了下来，运输艇在冰区里挣扎前进。突然，操艇队员听到艇边有"哗啦""哗啦"的声音，开始以为是海豹，定睛细看，原来是姜廷元。他正用手臂拨开小块浮冰，向运输艇游动。操艇队员赶紧停住运输艇，跑到艇前接应，把他从海里拉了上来。他冻得嘴唇发紫，牙齿打颤，说不出话来。身上棉衣湿漉漉的，海水顺着袖子、裤脚流在甲板上。

"你什么时候掉进海里去的，怎么也不喊救命？"队友问。"老、老半天了，冻得喊不出声。""别问了，人都冻成冰棍了，快弄到舱里扒光衣服，在机器房暖暖身子。"另一位队友催促道。回到岸上，这位落水者只打了几个喷嚏便重新投入工作。

例证之二：最初登陆的队员没有带被子，睡眠时只好委身睡袋之中。不知是制造羽绒睡袋的厂家有意偷工减料，还是一时疏忽，很多睡袋宽度都不够尺寸。考察队中没有"人比黄花瘦"的汉子，钻进这质量不合格的袋子很不方便。穿着内衣内裤，会增加摩擦系数，进去困难，出来更不容易。钻出时，要先费力地慢慢把一只胳膊抽出，然后侧身再抽出另一只胳膊，抓住睡袋中间的地方，手往下扯，身子往上拔。要是遇上内急，可就麻烦大了。这里是男子汉的世界，为进出睡袋方便，他们索性脱个精光。半夜上厕所也是

考察队员在作潮汐记录

这个样子，赤裸裸地蹦出去，哆哆嗦嗦地跳进来。同样，感冒与他们无缘。

人在南极、北极为什么会极少感冒？关键是极地气候寒冷，阳光紫外线强烈，加之人员稀少，使得致人感冒的细菌和病毒很难生存和传染。

南极给考察队员健康带来的不仅于此。有位考察队员患有严重的花粉性过敏症鼻炎，每到春、夏、秋三季，就喷嚏不断，鼻涕常流，因为南极基本没有植物也就无花粉播散，他到南极后其病不治自愈。南极也有利于脚癣的治疗。一位队员脚癣很严重，经常痒得钻心，活动剧烈些，脚趾中间就出现裂口，有时可看到红嫩的肉和渗出的血。他为此请过大夫，找过药，脚癣也没有得到有效的治疗。登上南极大陆十多天，他的脚癣好了，几乎所有症状消失。多数人认为，是干燥的南极大陆给脚癣自愈提供了条件。这里的确太干燥了，以至有人称，这儿的干燥甚于撒哈拉大沙漠。他们居住地几百米以外便是冰海，附近又有映着蓝天的明镜般的莫愁湖，但他们丝毫呼吸不到湖海之滨应有的湿润空气。"汗脚"们脱下鞋和袜子扔在铺上，霉菌还没有来得及繁殖，鞋袜便干了。不管什么时候将鞋和袜子套在脚上，都好似踩在白白的细沙上那样舒适。

上面是考察队员的直观感受。为了从医学角度确切地了解南极环境对考察队员身体健康究竟有何影响，在中国南极考察中，多次有医学研究人员参加，他们提出了自己的见解：

对身体的有害影响。内分泌和体液变化方面，一般来说，在"应激原"刺激下，如过冷、毒素、感染、紧张、人际关系障碍等，内分泌就会发生改变，其中的甲状腺、肾上腺髓质、肾上腺皮质反应更为明显。研究人员测了考察队员肾上腺髓质分泌的去甲肾上腺素、肾上腺素和肾上腺皮质激素，均在赴南极后升高。他们回国后，肾上腺素及肾上腺皮质激素还未降至正常。去甲肾上腺素和肾上腺素等由于同心血管和脑功能关系密切，对其产生不利影响是不言而喻的。

心微循环等人体生理功能也有异常出现。经心功能测定仪检测，考察队员到达南极后第三天，每搏出量与心血输出量增多，以适应机体的需要，这种生理性代偿现象，三个月后下降到略低的正常水平。间接反映心肌收缩力的心率与心室射血速度指数在三个月后有所降低，心室射血时间变化不大。用激光多普勒血流计测得头面部微循环血流注灌明显增多，而手部无变化。他们分析，这可能是因头部受到紫外线的强烈照射，而手部有手套保护所致。

性格发生变化。南极严酷的自然环境，也能在一定程度上改变人的性格。我国医学工作者用修订过的文森克人格问卷调查结果表明，考察队到了南极，人格特征（或称性格）不变者占68%，有变化者占32%。这些改变者的性格趋向是易于冲动、焦虑郁闷、有强烈的情绪反应，甚至有时出现不理智行为的前兆。研究人员通过"A型行为典型"问卷调查又发现，行为不变者60%，行为有变化者占40%。在被调查的22例中，在南极停留仅130～140天，就有4例从中间型变为A型。A型行为者的特征是性格急躁、情绪不稳、易发脾气、争强好胜、对同事怀有戒心和敌意，但这些人醉心于工作、行动较快、工作效率高、有时间紧迫感。A型行为有利于工作是不言而喻的，并存的是他们敌意态度提高了，若涉及到人际关系，会有一定的危害，对他本人也是不利的，美国心脏病学者将此类行为引为心脏病的病因之一。

记忆力没有减弱。经过长期南极"与世隔绝"的生活，人的记忆力会降低吗？多数南极考察队员回国后以其自身的感受认为降低了。他们不止一次地发问："有些东西怎么也想不起来。遇到原来认识的人，往往忘了他们的名字。"研究人员却得出了与他们相反的结论，认为长时间的南极生活，记忆力非但不会降低，反而约有30%的队员存在增强的趋势。研究人员指出，考察队员感到的降低，是他们在国内时所储存的记忆信息，长期未经强化所产生的一种信息消减现象。而在南极考察站所接受的新的刺激信号，经过一年多不断强化，又产生新的记忆。这些人对南极的磨历总是记忆犹新便是明证。

什么人适合南极考察呢？专家们指出，除了体检表上的硬性指标外，入选者还要有勇于为祖国南极事业献身的精神。具体来说要觉悟高，相对年轻，最好未婚，业余爱好广泛，有工作动力。如果兼具有能力、稳定性和"随和"三项，就可称得上是上乘人选。

南极属于谁

在世界七大洲中，南极洲是唯一没有常住居民、没有军事存在、没有政府机构、没有农耕、没有工业设施的地方。那么，南极属于谁? 应该说它为全世界人民所共有，且不分种族，不分肤色，不分国家，不分地区。遗憾的是，在一定形式上，南极已为一些国家所瓜分。从一幅各国对南极主权要求分布图上就可看到，它们如同用一把闪亮的不锈钢长刀，以南极点为轴，把南极作了扇形切割。

外国考察队员

对于一块土地的真正占有，必须派去军队和警察，还有大量的移民，就像帝国主义者早期实施领土扩张时那样，依仗坚船利炮，扯起浸满异邦百姓鲜血的旗帜，宣布此地为己所有。看看印度洋、大西洋、太平洋诸岛，至今不是还有法属、英属、美属的称谓! 然而在南极，一些国家虽然没有这么做，他们仍然堂而皇之地公布他们的"领地"。

参观友邻站

1955年，英国向国际法院提出申请时说，"由于不列颠对南极洲和次南极洲某些领土的历史性发现；由于发现以来，不列颠对于有关的领土一直不断地以和平方式表示其主权；由于这些领土并入不列颠王室领地；由于它们正式纳入1908年的'皇家专利证'，并已于1917年作为'英属地'"，所以英国对南极洲有关领土的合法资格，超越其他国家。

同样，根据探险家迪蒙·迪维尔1840年的发现，法国总统于1924年3月24日发布命令，对阿德利地提出了主权要求，并于1938年4月1日通过法令将其南极领土的边界确定为南纬60°以南、东经136°～142°之间所围成的扇形地。

　　澳大利亚对南极要求的领土最大，约占整个南极大陆的2/5，并且为东西两部分。

　　挪威基于其对南极的发现，对毛德皇后地提出主权要求，但挪威不承认扇形理论。

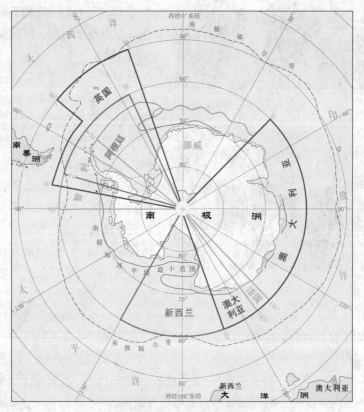

各国对南极主权要求分布图

1977年1月，智利总统皮诺切特访问南极时声称，智利对南极的领土要求只是智利领土的自然延伸。至于延伸多远，他没有说。

美国和苏联基本持另一立场。1939年，罗斯福总统向美国南极洲管理局局长发出指示，重申对任何外国所坚持的南极洲地区领土主权要求从不承认的立场。1950年6月8日，苏联政府向美国国务院致送备忘录，提出"关于某些国家对南极洲提出的领土要求，苏联政府认为，必须再度声明，苏联政府不承认、也不能承认，任何以单独方式来解决（国家主权）对南极洲的领土所有权问题是合法的。"

事实上，反对根据发现而提出所有权的做法是有一定道理的。1955年阿根廷飞行员在飞行中发现了一些山脉，而这些山脉在1956年和1957年也分别为美国人和英国人发现。山脉很大，谁说得清谁发现了那一部分？如果说某某最先见到了南极大陆，这个大陆就归发现者所属国家的话，问题接踵而至，谁最先发现了南极大陆？多年来没有一个国家说得清楚是他们国家的一位探险家留下无可争议的纪录，率先发现了南极大陆。

宣布占有，究竟属那个国家的"专利"，笔者无从查考。不过，有考察队员在澳大利亚霍巴特参观他们的南极局时，看到这样一份材料，澳大利亚考察队员莫森，1929年至1931年赴南极考察之前，当时的澳大利亚政府首脑就指示他，每到一处停留点，就要插上国旗，宣读一项占领声明，并把这个声明的两个副本贴在旗杆上，纪录并拍照。

主权占有必须符合一定的法律要求，为了达到这一目的，20世纪70年代以来，一些国家就像耍魔术一样玩起新花样。郭琨、位梦华撰著的《南极政治与法律》一书提供了下列怪事：

把青年男女运到南极结婚。有的新郎新娘在考察站举行婚礼，有的在南极上空乘飞机结下百年之好。西方人喜欢标新立异，我们在电视屏幕上看到青年情侣身着泳装在游泳池中结婚，或在跳伞中交换结婚戒指，那的确富有罗曼蒂克色彩。而在南极结婚，则是出于领土主权的需要。

在南极生孩子又是一招。1979年，在南乔治亚岛上，一个法国女婴呱呱落地。1978年，位于南极半岛的阿根廷埃斯佩兰萨基地，基地司令喜得贵子，乐不可支。孩子多了，又长大了，麻雀一般叽叽喳喳，他们面临着就学问题，有的国家南极考察基地，或者称之为孩子"生产"工厂，就曾为8个家庭中的12个孩子办起了南极小学。

验尸官是行使管辖权的证据之一，有的国家就为其占领地任命验尸官。任命是一回事，去不去则另当别论。在南极不要说本国队员之间，即便友邻站也都和平相处，基本没有什么纷争，何来杀人越货、图财害命、行凶报复！

派出行政官员到南极办公。早在1909年—1930年间，英国就遣使行政官员，先后赴南极乔治亚岛、欺骗岛办公。20世纪70年代以后，到南极办公的官员官阶直线上升，有的国家总统也屈驾率内阁成员，到他们在南极的考察基地，谈天论地，申明主权要求。

还有另一个问题谁也没有办法解决，那就是南极的"领土"是移动的。建在南极冰盖边沿的考察站，将随着冰盖向海边移动，最终会被推入海里。在冰原上瓜分地盘与在土地上瓜分地盘毕竟不是一码事，其"领土"每年将以30多米的速度移走和消失。关键的原因是南极的自然环境过于恶劣。试问哪个国家派出人员能在自己提出主权要求的南极大陆扇形地区走过一圈？

极个别人的南极探险考察，加上所属国家政府的声明，就这么轻易地把南极分割了。这种做法不可能为世界上多数国家所支持。就现在而言，还是全世界共同拥有南极为好。

▌南极集邮风景线▐

　　1988年12月，笔者作为中国南极考察队员登上南极大陆，从此我的南极集邮变得自觉起来。多年南极集邮的经历使我看到，中国自组队实施南极考察开始至今，一群集邮爱好者们始终充满热情。不管南极探险考察准备工作多么繁忙，置身南极又是何等危险，他们总是尽可能地自行设计图案，或与邮政部门联络在南极设置邮局事宜，或自制邮封，可谓历久不衰。

　　不懈的努力结出累累硕果，居然形成了一条独特的中国南极集邮风景线。每次南极探险考察都有纪念封问世；每一个邮封画面无不印着南极地图；每个邮戳"嘭嘭"盖下均让人感觉不寻常；每个邮封的赠与都饱含着浓浓深情。南极邮品特殊之处在于它蕴含着英雄的歌、勇士的泪、队友的情、冰山的美、不朽的史。

发放邮品

就我南极集邮而言，比较成系列，基本反映了中国早期南极考察的主要重大行动。

中国首次南大洋和南极洲考察纪念封

第一枚纪念封是1984年—1985年，为纪念中国首次组织南极考察编队赴南大洋和南极洲考察而印制的。这次考察任务是在乔治王岛建立中国南极长城站。为此，我国派出了两艘考察船，它们分别是"向阳红"10号船和海军"J121"打捞救生船。这也是我国船只首次远航南极。难能可贵的是，中国首次南极考察就在长城站设立了邮局，并置有正式的邮戳，使得中国南极邮品刚刚问世就走上正轨。在这枚邮封上，加盖邮戳的时间是"1985.2.28"，考察队长郭琨和"向阳红"10号船长张志挺分别在纪念封上签字。

中国首次南极越冬考察纪念封

长城站建成后，组建了一支越冬队留守长城站，这是中国队员首次在南极越冬。当时的国家海洋局第二研究所副研究员颜其德被委任为越冬队队长。越冬时间是1985年4月至11月。这段时间正值极夜，长夜难明。颜其德率队完成任务回到北京，我去宾馆探望他。从他体态的瘦弱，面色的苍白，行动的无力，反应的迟钝，我读到了他长驻南极所受到的煎熬。临别，他赠予了签有他名字的"中国首次南极越冬考察纪念"封。

我国组队第二次南极考察，队长是已故的国家南极考察委员会办公室副主任高钦泉。此次考察在集邮上有了突破，不仅在长城站继续设立邮局，还派出了正规的邮局局长，他就是来自上海的邮政人员杨金炳。邮封上印有的"首次航空通邮纪念"表明，这个邮局在南极长城站设立其间，国内是可以与南极通邮的。此次考察结束后，杨金炳赠予我的邮封，上面加盖邮戳时间是"1986.2.20"，此时已是南极暖季末期。

首次航空通邮纪念封

极地号环球首航纪念封　1986年10月至1987年5月，中国考察运输船"极地"号从中国青岛出发，横渡太平洋、南大洋、大西洋和印度洋，进行首次环球航行，并完成海洋地球物理学和海洋学等科学考察

1986年10月至1987年5月，中国继续实施南极考察。这次南极考察很特别，突破性地运用"极地"号船实施环球航行，总指挥为前国家海洋局副局长钱志宏。中国前所未有的地理大跨越也兼顾了考察长城站，即把中国第三次南极考察队运往乔治王岛。正如"极地号环球首航纪念"封上印有的中文纪念戳所标明，"中国南极长城站"，"1986.12—1987.3"。身在长城站的中国第

三次南极考察队，元旦期间为我寄来贺卡。看着这万里飞鸿，我当时唯一的感念，是愿他们平安归来。

　　1988年11月，中国组队前往南极创建中国南极中山站。我作为新华社记者参与了这次南极科学探险考察。经邮电部邮政总局批准，建成中山站的同时也设立邮局，全名为"中国南极中山站邮局"。配置的邮戳限时很短，为"1989.2.28—3.8"。行前，集邮爱好者们为集邮作了充分准备。不仅刻制了两枚纪念戳，还制作了通过南极圈的纪念卡，印制了集邮折。

南极圈位于南纬66°34′，作者通过南极圈时间在所发纪念卡上作了明确记录："1988年12月22日20时55分，乘中国极地号船，由东经77度34分进入南极圈。"考察队的三位领导同志分别在纪念卡上签字予以证明

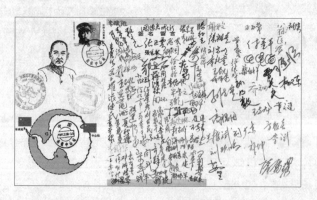

首次东南极考察队共有队员116名，所有人都在邮折上签上自己的名字。遗憾的是，签名队友有人已经驾鹤西去，他们分别是金乃千、高钦泉、胡冀援。而胡冀援则是中山站邮折的主要绘制者

作者收到的此次考察总指挥陈德鸿、考察队长郭琨、"极地"号船长魏文良，连同赠言与邮折一起赠送的集邮品

创建中山站期间，测绘专家鄂栋臣竟以影印方式把他手绘的中山站地区地形图移上邮封，加盖了中山站邮戳。手绘地图本身就是一种不寻常的工艺，再延及到集邮，意义更为深远

1989年2月底，多数考察队员乘"极地"号船从南极返回。留下十多名队员越冬考察，越冬队长便是高钦泉。热衷于集邮的海洋生物学家王自盘是越冬队队员之一。考察结束后，他把他自行设计的邮封连同签名一并赠给了我

1989年—1990年跨年度南极探险中，秦大河与法国的让·路易·艾地安、美国的维尔·斯蒂格、日本的舟津圭三、英国杰夫·萨莫斯、苏联的维克多·巴雅夫斯基五国五名队友结伴，实施了人类南极考察史上最伟大的壮举——横穿南极大陆。从秦大河此次南极探险开始，直至他荣返北京，我是

中国极少对他作追踪报道的记者之一。记得在他到达和平站不久，我通过他妻子周钦珂传去我的口信，请他把从南极点到和平站之间，即人类称为"不可接近地区"的历险过程写给我。不负所望，秦大河给我写了一封4000多字的信，叙述其艰险。他在信的末尾写道："此信只能自澳大利亚发出，也不知你何时可以收到。使用的信封系我随身携带、行程6000千米的信封，并加盖南极点美国阿蒙森—斯科特站和苏联东方站的邮戳，以及6名队员的签名，算作一个小礼物留念。" 秦大河横穿南极大陆的举动，使他成了世界级南极探险英雄。随之带动了相关集邮品的问世。

1989年—1990年，中国首次开展"一船两站"考察，统称为中国第六次南极考察。所谓"一船两站"，即以"极地"号船为运载工具，先向"长城

秦大河寄给作者的在南极大陆行程6000千米的实寄封

时任上海极地研究所负责人颜其德等设计并推出的"1990国际徒步横穿南极大陆考察纪念"封

秦大河家乡甘肃兰州推出的纪念封 纪念戳上的文字是："六位徒步横穿南极洲探险家抵兰纪念"，时间为 1990 年 5 月 12 日

站"、后向"中山站"航行。行程时间从 1989 年 10 月 30 日至 1990 年 4 月 10 日。船长仍为我所熟识的魏文良。"极地"号返航后，1990 年 6 月 12 日，魏船长自青岛给我寄来此次考察纪念封。他在附给我的信中说："这次我们遇到了每秒 39.8 米的大风，全体船员奋战了 40 多个小时，保证了船只和人员安

全。"魏船长所回顾的风力大大超过台风风速，对于只有一组发动机的"极地"号来说是十分危险的，一旦出现故障，极易被强风掀翻。我暗中庆幸他们又躲过一劫。

首次开展"一船两站"考察纪念封

1991 年 2 月上旬，我收到一封发自南极长城站的信函，拆开一看，是中国第七次南极考察队寄给我的春节贺卡。具体是谁寄来的，里面没有具名。这再好不过地表明，南极考察队员间的友情纯而又纯。

中国第八次南极考察实施的时间是 1991 年 11 月至 1992 年 12 月，此次考

察队领队是我的老朋友颜其德。颜其德赠予我两个署有他签名的纪念封。一为"中国第八次南极考察纪念"封，二为"南极条约生效三十周年纪念"封。这两个纪念封与以前纪念封不同的是，所用邮票是我国首次发行的南极纪念邮票，即纪念南极条约生效三十周年。

自长城站寄来的第七次南极考察贺卡

中国第八次南极考察纪念

第八次南极考察是执行中国南极科学考察"八五"计划的第一年。主要进行南极环境保护、地质、地貌、地磁、固体潮、气象、电离层、测绘和遥感、冰川学、人体医学及南大洋生态系等考察。同时，中国与乌拉圭在柯林斯冰盖进行冰川学合作研究

· 小资料 ·

《南极条约》由早期涉足南极的12个国家于1959年12月1日签订于华盛顿，1961年6月23日起生效，适用于南纬60°以南地区，有效期30年。其宗旨是：南极只用于和平目的；冻结对南极的领土要求；促进南极科学研究中的国际合作。条约到1991年6月23日止。中国于1983年加入《南极条约》，并于1985年成为条约协商国。

南极条约生效三十周年纪念封

1992年—1993年的中国第九次南极考察，领队是中国南极考察资深队员董兆乾。他们所制作的两枚纪念封，在构图和色彩上均为上品。如为了突出"极地"号南极洲航行，在航迹上作了重绘。另一纪念封的纪念戳图案有效地强化了"九次队"。

中国第九次南极考察纪念封　中国第九次南极考察队分别在"长城"、"中山"两站新装高分辨率气象卫星数据接收系统

中国南极第十次考察队出征，是乘飞机离开北京转乘澳大利亚船赴南极的。因为"极地"号船老化与破损，国家那年没有派船远征。此时，由于我的科学探险目标已经转向了青藏高原，后又趋向北极，与南极相关的集邮品也随之减少。像是为我的南极考察集邮作一总结，适值中国南极考察十周年之际，身为中国极地研究所负责人的颜其德同志，为我寄来"中国南极考察十周年纪念"封。

颜其德同志给我的实寄封背面还有一句话不能不提及，即"中国第十一次南极考察队于1994年10月28日乘'雪龙'号破冰船从上海出发首航南极中山站。"这表明，中国南极考察船已经鸟枪换炮，由破旧的"极地"号抗冰船换为全新的"雪龙"号破冰船。如果要划分时代的话，中国南极考察的前十年属于事业开创时代。在这十年里，创建了中国南极长城站和中山站，为祖国南极考察事业奠定了坚实的基础。

中国南极考察十周年纪念封
纪念封的背面列出了从1984年—1993年中国十次南极考察的组队情况，以及出发地点和出发方式

南北两极十个对比

笔者去过南极，也到过北极，经对比发现，两极差异甚大。在此列举十个方面，意在表明，两极并非"同此凉热"。

① 温度差异明显。南极最低温度为−89.2℃，这是在俄罗斯东方站测得的。北极最低温度为−68℃。

② 南极境内没有一个国家，也不属于任何一个国家。有些国家出于占有欲望，曾对南极做了一定形式上"领土"分割，但并没有得到国际社会的普遍承认，是不算数的。北极却非如此，挪威、丹麦、加拿大、美国、俄罗斯、芬兰、冰岛、瑞典等8个国家的领土伸入北极圈内。

③ 南极代表性动物是企鹅，北极代表性动物是北极熊。据说北极早年也曾生存有一种企鹅，后来灭绝了。这样一来，便成了南极没有北极熊，北极也不见企鹅踪影。

④ 南极圈内没有常住从事生产与生活的人口，有些考察站虽然有人员坚持常年考察，但要轮换。北极不但有常住人口，还有多个城市，如挪威的特罗姆瑟城。

⑤ 南极圈内冰山高大，北极冰山相对矮小。南极有的冰山就是巨无霸，面积竟然达5538平方千米，相当于9个新加坡的陆地面积。

生长在北纬约68°的树木

6 南极没有任何国家的军事存在。北极海下不但有潜艇游弋，一些岛上还设有军事基地。当年美苏两国争霸激烈时，北极冰海下不时擦出火花。

7 南极圈内没有草更没有树木，仅仅生有苔藓类低等植物。北极圈内则不然，有些地方不但有草原有鲜花还有茂密的森林。如地处北纬78°的朗伊尔城就生有齐膝高的丛丛茂草。

生长在北纬78°的草

8 南极圈内没有一所学校。北极圈内不但有学校有幼儿园，而且在北纬70多度的斯瓦尔巴群岛上设有尤尼斯大学，2000年前后我国就有四五位留学生在这所大学就读。新生入学在这里上的第一课不是了解校况校纪，而是操枪瞄靶，练习射击，用以防备北极熊。

9 南极矿藏丰富但一直没有开采。北极的煤、油均有所开采，有的已达百年左右。

10 南极由于有大洋阻隔，作为"孤岛"存在，人们难以到达，污染较轻。北极因为交通方便，人员众多，污染比较严重。在北极一些地区，不但可见工厂废气排往天空，苔原带留下汽车的辙印，几十年前开矿留下的废弃铁轨、枕木仍历历在目。

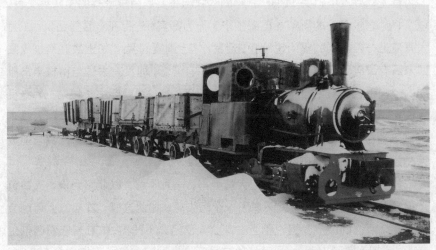

20 世纪初用于北极斯瓦尔巴群岛上的运煤小火车

后　记

回首半年来，至少有三件事使我心系南极。

首先，2005年11月11日，新华网约我与将要赴南极考察的领队魏文良，以及将赴南极采访的新华社记者张宗棠作为嘉宾，进行在线直播访谈。主持人张瑾把一位网友的提问说给我，请我作答。网友问我："您上次赴南极大陆回来后有没有留下什么遗憾？"我回答："有遗憾，即没有去过与南极半岛毗邻的中国南极长城站。不过这个遗憾今年会补上，我就要去长城站。魏文良主任在国家海洋局主管南极考察工作，名单掌握在他手里，我瞒了别人瞒不了他，现在他正好在座。"魏文良马上予以证实。后来阴差阳错，我未能成行。如果成行，至少在本书照片内容上会更为丰富些。

其次，我对城市不加控制地大量养狗，一直不解。以北京为例，人口负重已经很大，再加上狗，就又多了一个污染源，如此这般，首都怎么可能会成为一个清洁的城市？据说相当一部分人已经离不开狗，依赖着它们调剂生活。这使我想到了南极。为了保护南极环境，国际南极组织提出自1994年起，不允许任何国家的考察队把狗带入南极。已经养在南极的狗，必须一条不留地清理出南极。令行禁止，南极真的没了狗。要说人对狗依赖，工作在南极的考察队员更为需要。他们看不到报纸，听不到广播，难有机会与家人通个电话，寂寞常常与他们相伴相随，但为了南极环境洁静，他们拒狗于千里之外。感于此，春节前的1月26日，我通过新华社发了一条消息"狗年南极无狗吠"，以表达我对中国城市环境恶化的担忧。报道一经发出，为媒体广为转载。意犹未尽，本书中我又专列一题"南极禁狗"。

再次，投入大量时间从事《南极洲》一书的撰写。这使得我虽未置身南设得兰群岛中的乔治王岛，精神上却天天生活在南极冰原与冰海之中。这是一卷图文书，去过南极大陆的我固然拍摄了一系列照片，但还是欠缺与文字内容相对应的图片，无奈之下只得求助朋友。为我提供照片支持的有王维、秦大河等。还有两三张照片是我以前积存的，想不起谁人拍摄，为应急只好用在书中。我希望借助本书的出版，能和他们取得联系，以便再版时署上他们的名字。此书创作之前，中国地图出版社周敏主任、编辑邸香平给予了指导，让我难忘。承担本书文字录入和校正的是谢秋兰和张伟。在此一并向他们表示谢意。

张继民

2006 年 3 月 20 日

责任编辑：邸香平

插画绘制：李　伟

版式设计：冰川设计机构

审　　校：邸香平　周　涛

审　　订：范　毅

重版修订：马金祥　李安强　周　敏